Jetzt schlägt's 13!
13 Kurzkrimis aus 13 Jahren (2006-2018)

Jetzt schlägt's 13!
13 Kurzkrimis aus 13 Jahren
(2006-2018)

Autor und Herausgeber
Jürgen Edelmayer

Bibliografische Information der Deutschen Nationalbibliothek: Die Deutsche Nationalbibliothek verzeichnet diese Publikation in der Deutschen Nationalbibliografie; detaillierte bibliografische Daten sind im Internet über dnb.dnb.de abrufbar.

1.Auflage
© 2019 Jürgen Edelmayer, Langgasse 7, 56357 Weyer

ISBN: 9783749479290

Herstellung und Verlag: BoD - Books on Demand, Norderstedt
Umschlagbild: Privataufnahme Jürgen Edelmayer

Inhaltsverzeichnis

Vorwort

Jetzt schlägt's 13! beinhaltet 13 Kurzkrimis, die im Zeitraum zwischen 2006 und 2018 in diversen Verlagsanthologien veröffentlicht wurden. Meine Motivation für die Zusammenstellung dieses E-Books war der Wunsch, den bislang in zahlreichen Einzelbänden verstreuten Geschichten ein gemeinsames Zuhause zu geben. Nicht jedes der 13 Jahre ist in dieser Sammlung vertreten (andere dafür mehrfach), da ich zwischendurch an anderen Texten oder meinen Detektivromanen *KnieFall* und *VermisstenFall* gearbeitet habe und währenddessen keine Zeit fand, um Kurzkrimis zu schreiben. Sechs der hier versammelten Geschichten habe ich in früheren Jahren bereits in den inzwischen nicht mehr erhältlichen E-Books *Zaster* und *Die Fälle des Auguste Le Meur* veröffentlicht. Nun sind sieben weitere Kurzkrimis hinzugekommen, darunter auch der fünfte Fall des skurrilen Ermittlers Le Meur. Allen Leser*innen wünsche ich viel Vergnügen!

Jürgen Edelmayer

Der Erstbeste

Ich heiße Harry Push, habe ein schmales Gesicht und einige Falten, die dem Betrachter mein tatsächliches Alter verraten. Ich bin ein Mann in den Vierzigern, mit grauen Schläfen und stecke voll in der Midlife-Crisis. Ich könnte natürlich auch eine Frau sein, aber das wäre dann eine andere Geschichte. Apropos Frau: Mit meiner Gattin liege ich schon lange überkreuz. In Gedanken nenne ich sie nur noch Miststück und sie mich Dreckskerl. Aussprechen tun wir das nicht, denn wir reden schon lange nicht mehr miteinander. Wir haben eine gemeinsame Tochter, aber die ist schon mit sechzehn aus dem Haus gezogen, weil sie es bei uns nicht mehr ausgehalten hat. Das war vor drei Jahren. Seitdem öden meine Frau und ich uns nur noch an und ich frage mich schon seit langem, ob das alles war, was das Leben für mich vorgesehen hat.

Irgendwann, zwischen Überstunden im Büro und einsamen Abenden an Bartheken, bin ich dann zu dem Schluss gekommen, dass einzig meine Frau für all meine Probleme verantwortlich ist und daher aus dem Weg geräumt werden muss. Moralische Bedenken habe ich keine. Für mich ist es eher reine Notwehr. Hat nicht gestern das Essen einen bitteren Nachgeschmack gehabt? Versuchte sie letztes Jahr nicht, mich einmal zur Einnahme von Schlaftabletten zu überreden? Inzwischen bin ich soweit, ihr alles Mögliche zuzutrauen. Schnelles Handeln ist daher angesagt. Aber Vorsicht! Nur nicht ungeduldig werden. Nur nichts überstürzen! Ungeduld ist leider eine meiner hervorstechendsten Eigenschaften. Vor allem ihr habe ich es zu verdanken, dass meine Computerfirma pleite gegangen ist. Ich hatte verschiedene Programme entwickelt und eins davon war sogar recht vielversprechend. Eine Software für Onlinedienste, in der die Teilnehmeranschlüsse aufgelistet waren. Eine Art elektronisches Telefonbuch. Nachfrage war durchaus vorhanden, aber es hatte „datenschutzrechtliche Bedenken" gegeben. Außerdem war die Benutzeroberfläche noch nicht bedienerfreundlich genug und hätte dringend der Überarbeitung bedurft. So lange wollte ich aber nicht warten. Ohne ein noch ausstehendes Gerichtsurteil abzuwarten, brachte ich das Programm auf den Markt. Ich wurde prompt verklagt und bekam obendrein noch Ärger mit Kunden, die sich über nicht behobene Fehler beschwerten. Kurz und gut: Meine Firma ging den Bach runter und mein Traum von Selbstständigkeit und schnellem Geld war ausgeträumt. Heute arbeite ich als Büroangestellter bei einer Versicherung und verwende einen Teil meines Gehalts zur Schuldentilgung. Ein anderes Unternehmen verdient jetzt einen Haufen Kohle mit meinen Programmen. Die Lizenzen musste ich quasi für ein Butterbrot verkaufen, um wenigstens die hartnäckigsten

Gläubiger ruhig zu stellen. Meine Frau hat Geld wie Heu, aber sie denkt gar nicht daran, mir aus der Patsche zu helfen. Als wir geheiratet hatten, war ich dumm genug gewesen, einen Vertrag über Gütertrennung zu unterschreiben und notariell beglaubigen zu lassen. Es gibt Dinge im Leben, über die man besser nicht länger nachdenkt. Also vergesse ich das Ganze lieber. Ich habe den Kopf voll genug mit anderen Sachen.

Noch einmal gehe ich in Gedanken all das durch, was ich vorbereitet habe. Wenn alles klappt, werde ich ab heute Abend nie mehr den Geruch von Sandelöl aushalten müssen. Ich kann das Zeug nicht ausstehen, aber meine Frau scheint täglich darin zu baden. In letzter Zeit häufiger, weil sie gemerkt hat, wie sehr mir das auf den Wecker geht. Aber damit ist jetzt Schluss! Ab heute Abend bin ich ein freier Mann. Was habe ich nicht alles angestellt, um dieses Ziel zu erreichen! Ich habe doch tatsächlich einen Killer für meine Frau angeheuert! Dann habe ich einen zweiten Killer gedungen, damit der den ersten aus dem Weg schafft. Diesen zweiten habe ich schließlich an die Polizei verpfiffen.

An die Killer ranzukommen war leichter, als ich gedacht hatte. Eine Suchanzeige im Internet genügte, um die Kontakte herzustellen. Ich musste natürlich vorsichtig sein. Auch Polizisten surfen im Internet. Vor allem Le Meur. Manche nennen ihn auch Jelzin, weil ihm an der linken Hand zwei Finger fehlen. Viel mehr weiß man nicht über ihn, denn er scheut die Öffentlichkeit. Im Radio hat Le Meur ein einziges Mal ein Interview gegeben. Das Thema hieß ausgerechnet „Verbrecherjagd im Internet". Vor diesem Mann muss man sich in Acht nehmen, das weiß ich. Aber kein Grund zur Sorge, denn ich war auf der Hut. Selbst einem Spezialisten wie Le Meur wird es nicht gelingen, den Ausgangspunkt meiner Suchanzeigen aufzuspüren. Zu viele falsche Spuren habe ich im Cyberspace hinterlassen. Ich habe Pfade angelegt, die in die Irre führen, zu Verzeichnissen, die nicht existieren. Das Ganze wurde bald so kompliziert, dass es mir schwer fiel, alles zu behalten. Also habe ich in einer Datenbank alle wichtigen Schritte gespeichert. Ich habe diese Datei extern abgespeichert, mit einem Passwort gesichert und die Diskette aus dem Laufwerk genommen. Dann habe ich zuerst lange auf die Diskette gestarrt und sie anschließend in den Müllschlucker geworfen. Ich bin schließlich kein Dummkopf und weiß, dass Passwörter für viele Leute nur dazu da sind, um geknackt zu werden.

Dann bin ich eine geschlagene Stunde lang in meinem Zimmer auf und ab gelaufen und habe Daten gepaukt. Danach habe ich sämtliche handschriftlichen Notizen in den Reißwolf gesteckt. Zu guter Letzt habe ich meine Teilnahme beim Onlinedienst gekündigt und das Modem entfernt. So konnte mich nichts mehr verraten, höchstens ich selbst oder – aber auch für diesen Fall hatte ich vorgesorgt – die Killer.

Die Killer. Mit zweien bin ich schließlich persönlich in Kontakt getreten. Mit dem – wie mir schien – Ersten und Besten seines Fachs und mit dem Erstbesten, der sich auf mein Gesuch hin gemeldet hatte. Mit dem traf ich mich zuerst. Mulmig war mir schon, als es endlich, nach etlichen chiffrierten Botschaften im Internet, zu meiner ersten richtigen Verabredung mit einem bezahlten Killer kam. Ich war vorsichtig gewesen. Was war ich vorsichtig gewesen! Mit blonder Perücke und ausgebeulten Klamotten, die Augen hinter einer billigen Sonnenbrille versteckt, bin ich zu dem Treffen gegangen. Das war in einer anderen Stadt in einem billigen Stehcafé. Dort wäre ich beinahe laut lachend zusammengebrochen, denn mit einer solchen Knallschote hatte ich nun wirklich nicht gerechnet. Draußen hatte es dreißig Grad im Schatten, aber dieser Typ erschien doch tatsächlich in seiner „Arbeitskleidung" oder dem, was er dafür hielt. Mit Handschuhen und einer Mütze mit der Aufschrift „KILL". Ein äußerst schweigsamer Kerl, der nur ab und zu mit dem Kopf nickte, zum Zeichen dafür, dass er verstanden hatte, was ich allerdings stark bezweifelte. Einen Augenblick lang war ich versucht, mich nach jemand anderem umzusehen, aber dann ließ ich es doch bleiben. Wenn der Kerl nicht allzu helle war, konnte ich ihn auch leichter ans Messer liefern, und mit meiner Frau würde er wohl noch fertig werden. Außerdem hatte ich nicht die Geduld, mit meiner Suche wieder von vorn anzufangen. Mit einer kleinen Anzahlung und der Adresse einer Lagerhalle, wo nach erledigtem Auftrag angeblich die Übergabe des Restbetrages stattfinden sollte, verabschiedete ich ihn fürs Erste.

Mein zweiter Mann war dagegen ein anderes Kaliber. Hier war ich wählerischer gewesen. Unauffällig elegant sein Sommeranzug, Sonnenbrille und höchstwahrscheinlich ein Toupet oder eine Perücke, so wie ich eine trug. Jede seiner Bewegungen war exakt. Zweifellos ein Profi. Er würde die Knallschote in der Lagerhalle schnell erledigen und dann an einem anderen Treffpunkt auf mich und sein restliches Honorar warten. Nein. Er würde die Lagerhalle wahrscheinlich nicht lebend verlassen.

Wenige Minuten nachdem die Knallschote die Lagerhalle betreten hatte, wurde die Polizei anonym, aber eindringlich, über eine Schießerei unter Gangstern in eben dieser Lagerhalle telefonisch informiert. Von mir natürlich, wem sonst. Wenn der Profi nur verhaftet wird, auch gut. Er weiß nichts von mir und hat keinerlei Verbindung mit dem Mörder meiner Frau. Mein Plan ist gut und er hat geklappt. Ich weiß es, denn den Beweis dafür sehe ich gerade vor mir. Jetzt, in diesem Moment, bin ich auf dem Nachhauseweg von meinem Alibi, einer Party bei Freunden, die meine Frau nicht ausstehen kann. Deswegen ist sie heute zu Hause geblieben. Ihr Pech, denke ich, denn mein Herz ist kalt, eiskalt, so kalt wie ein kalter Ofen im Winter. Nach meiner Uhr hat das Rendezvous der Killer gerade eben stattgefunden. Fünfzig Meter vor mir sehe ich mehrere Streifenwagen in die Straße zur Lagerhalle einbiegen. Die Sirenen bleiben ausgeschaltet, aber das Blaulicht teilt die Nacht in zuckende Blitze und Dunkelheit. Ich biege nach links ab, weil ich die Polizei bei ihrer Arbeit nicht stören will. Ein- oder zweimal glaube ich Schüsse zu hören. Ich nicke grimmig und umklammere das Lenkrad fester.

Endlich habe ich die Auffahrt zu meinem Haus erreicht. Noch einmal bezwinge ich meine Ungeduld und fahre den Wagen zuerst in die Garage, bevor ich mich in Richtung Haustür begebe.

Zweimal ist mir der Schlüssel aus der Hand gefallen, aber jetzt habe ich es endlich geschafft, die Tür aufzuschließen. Ich betrete den Flur und merke sofort, dass etwas schief gegangen sein muss. Nie und nimmer stinkt eine Leiche derart nach Sandelöl, es sei denn, mein erstbester Killer, die Knallschote, hätte das Zeug über meine Frau geschüttet. Dass dem nicht so ist, erkenne ich daran, dass sich drei Finger einer linken Hand auf meinen Arm legen und eine Stimme sagt: „Mein Herr, Sie sind verhaftet!"

Irgendjemand hat das Licht angeschaltet. Nachdem sich meine Augen daran gewöhnt haben, sehe ich hinter Jelzin meine Gattin stehen, die mich mit versteinertem Gesicht anstarrt.

So weit, so gut – oder auch nicht. Inzwischen sitze ich Le Meur in dessen Büro gegenüber. Jelzin hat endlich die alberne KILL-Mütze abgenommen und neben die Handschuhe auf seinen Schreibtisch gelegt. Ich habe bereits alles gestanden, denn ich bin der Meinung, dass ich schon allein für meine Dummheit bestraft werden muss.

„Sie sind wirklich sehr geschickt im Umgang mit Computern, mein Herr", hat Le Meur soeben zu mir gesagt. „Nie und nimmer hätte ich Sie im Netz aufspüren können. Zum Glück gibt es da aber ein Programm, das ständig aktualisiert wird. So eine Art elektronisches Telefonbuch für Onlinedienste. Die neueste Ausgabe kommt nächste Woche auf den Markt. Der Verlag hat mir freundlicherweise ein Exemplar vorab zur Verfügung gestellt. Ich fand es den Versuch wert, einmal zu überprüfen, wer in letzter Zeit seinen Onlinedienst gekündigt hat."

Ein Beamter kommt herein und fordert mich auf, mit ihm zu kommen. Bevor ich das Büro verlasse, schaue ich noch einmal kurz zurück. Jelzin dreht eine Diskette in den Händen.

„Wirklich, ein tolles Programm", sagt er, „auch wenn man die Bedienung vielleicht noch ein wenig verbessern könnte, die Benutzeroberfläche zum Beispiel ..."

Winnies Trick

„Niemand legt Winnie Schneider aufs Kreuz!" Björn Weller konnte sich auch nach dem vierzehnten Mal köstlich über diesen Spruch amüsieren. Er schlug sich auf den Oberschenkel, dass es nur so klatschte. Kevin Bolland verdrehte genervt die Augen.

„Jetzt krieg dich mal wieder ein", sagte er zu seinem fast zwei Köpfe kleineren Beifahrer. „Ich kann mich nicht auf den Verkehr konzentrieren."

„Verkehr, welcher Verkehr?" Björn drehte seinen Blondschopf in alle Richtungen und kniff die Augen zusammen. Kevin musste insgeheim zugeben, dass jetzt, um drei Uhr morgens, niemand außer ihnen hier unterwegs war. Zumindest nicht auf diesem einsamen Schotterweg, der zu Björns Gartenlaube führte. Sie saßen allein in ihrem kleinen Fiat mit 250000 Euro im Koffer auf der Rückbank. Den 250000, die sie in Björns Gartenlaube verstecken wollten.

„Niemand legt Winnie Schneider aufs Kreuz!" Kevin zuckte zusammen, als Björn erneut vor Lachen brüllte. Entsetzt starrte er auf die Pistole, die der Freund um den Zeigefinger rotieren ließ.

„Du hast `ne Wumme dabei?", fragte er. „Was soll das?"

„Kann man vorher nie wissen, wozu so ein Ding gut ist, oder?" Björn machte eine ungeschickte Bewegung

15

und die Pistole rutschte ihm vom Finger. Kevin schnaubte verächtlich.

„Steck sofort die Knarre weg und halt endlich die Klappe!"

Nach kurzem Zögern legte Björn die Pistole ins Handschuhfach und schwieg beleidigt. Gut so, dachte Kevin. Gehst mir sowieso langsam auf den Wecker.

Seine Gedanken wanderten zurück in seine Jugend, in der er und Björn die dicksten Freunde gewesen waren. Nach der Schulzeit hatten sie sich zunächst aus den Augen verloren, aber wie ein Magnet, der Eisen anzieht, war Kevin Björn immer wieder über den Weg gelaufen. Und zwar immer dann, wenn einer von ihnen, meist Kevin, wieder einmal pleite war und dringend Geld brauchte. Eine Abhängigkeit, die Kevin zunehmend auf die Nerven ging. Die Freundschaft zwischen den beiden Männern war schon lange durch ein die Geduld strapazierendes Nebeneinander ersetzt worden.

Der Vorfall mit der Pistole war nicht die erste Meinungsverschiedenheit zwischen ihnen in dieser Nacht. Vor kaum einer Viertelstunde erst hatten sie an einer Tankstelle eine lautstarke Auseinandersetzung gehabt. Zuerst war Kevin sauer darüber gewesen, dass sein Kumpel den Tank nicht schon vorher gefüllt hatte und der Zwischenstopp sie jetzt unnötig Zeit kostete. Dann war Björn ausgestiegen und auf eine dank einer Menge Wasserstoffsuperoxyd zur Blondine gewordenen Frau zugegangen, die er offensichtlich kannte. Diese falsche Blondine hatte Björn dann zu allem

Überfluss auch noch ein Stück im Wagen mitnehmen wollen.

„Ist nur ein kleiner Umweg", hatte der Kleine gesagt. Kevin konnte es nicht fassen. Ein kleiner Umweg mit einer Unbekannten in einem Auto, in dem ein Koffer voll Geld lag. Geld, das sie gerade einer Bande von Drogendealern abgeluchst hatten! Er war direkt ausgerastet und hatte Björn gefragt, ob der noch alle Tassen im Schrank habe. Die Frau hatte nach dem Wutausbruch des großen dunkelhaarigen Kerls mit den breiten Schultern keinen Wert mehr auf dessen Gesellschaft gelegt und sich still davon gemacht.

Kevin wischte sich mit der Hand über die Stirn. Möchte bloß wissen, was mit Björn los ist, dachte er. Ist doch sonst ein ganz vernünftiger Kerl. Aber heute brüllt er dauernd rum wie ein Irrer und hat sogar eine Knarre dabei. Arbeitet vielleicht schon zu lange für seinen neuen Boss. Dieser Winnie Schneider war schon eine seltsame Type. Kevin hatte ihn in einer Kneipe kennen gelernt. Er hatte wie so oft dringend Geld gebraucht und von Weller den Tipp bekommen, dass sein Boss Winnie Schneider noch einen zweiten Kurier gebrauchen konnte. Es galt einen Koffer voll Geld nach Frankfurt am Main zu bringen und dort im Gegenzug Kokain im Wert von einer Viertelmillion Euro in Empfang nehmen. Kevins und Björns Lohn würde ein Prozent der Geldsumme betragen.

Sie waren bereits auf dem Weg zur Autobahnauffahrt gewesen, als Kevin damit anfing. „Was wäre eigentlich wenn ..." Der Satz war unvollendet geblieben.

Björn, der Kevin immerhin gut genug kannte, um zu wissen, wenn dieser etwas ausheckte, blickte seinen Kumpan prüfend an.

„Was wäre, wenn was?"

Kevin winkte ab. „War nur so ein Gedanke."

„Na komm schon, raus damit!"

„Ich frage mich bloß, was uns darin hindert, mit der Kohle abzuhauen."

Der Gedanke lag nahe. Warum sich mit einem Prozent von etwas zufrieden geben, das man ganz haben kann? Mit 2500 Euro oder gar nur der Hälfte davon auf der Kralle, würde Kevin spätestens in einem Monat wieder bei Winnie auf der Matte stehen und um einen Job betteln. Winnie Schneider brauchte sich um Personal nicht zu sorgen. Es gab genug Leute wie Björn, die diesen Mist schon länger mitmachten. Leute, die wussten, dass man bei Boss Schneider ein wenig Geld verdienen konnte, wenn man bereit war, seine Haut für ihn zu riskieren. Aber mit 125000 oder gar 250000 Euro, überlegte Kevin, sah die Sache schon ganz anders aus. Da blieb der Traum von einem Häuschen im Süden kein Traum mehr. Dann konnten einen alle Boss Schneiders dieser Welt einmal kreuzweise.

„Lasst euch ja nicht einfallen, mit der Asche die Biege zu machen", hatte Schneider ihnen mit auf den Weg gegeben. „Niemand legt Winnie Schneider aufs Kreuz."

Der Fiat stand jetzt vor Björns Schrebergarten. Nach ihrem spontanen Coup wollten sie das Geld dort für den Rest der Nacht bunkern. Nur so lange, bis sie aus ihren Wohnungen ein paar Klamotten, einige persönliche Dinge und vor allem ihre Reisepässe besorgt hatten. Kevin trommelte mit den Fingern auf dem Lenkrad herum. Warum war Schneider derart überzeugt davon, dass er das Geld nicht verlieren würde? Er hatte so verdammt selbstsicher geklungen. Niemand legt Winnie Schneider aufs Kreuz.

Björn machte sich am Tor des Gartengrundstücks zu schaffen. Während Kevin ihn beobachtete, machte es bei ihm plötzlich `Klick`. Natürlich, dachte er. Schneider macht sich keine Sorgen, weil er mir einen Aufpasser mitgegeben hat. Jetzt ist mir auch klar, warum Björn mir keine Antwort auf meinen Vorschlag, mit der Kohle abzuhauen, gegeben hat. Warum er laufend brüllt, dass niemand Winnie Schneider aufs Kreuz legt. Björn ist Schneiders Wachhund. Das ist der Grund, warum er eine Waffe dabei hat. Der Grund, warum er die Blonde an der Tanke angequatscht hat. Die war ein Spitzel, was sonst. Sie hat Schneider inzwischen informiert, dass wir mit dem Zaster durchgebrannt sind. Oder sie hat dir, Björn, das O.K. gegeben, dass du mich abknallen kannst. Mit deiner Knarre, von der ich nichts wusste. Aber deine Waffe liegt jetzt bei mir im Auto, mein Freund, während du dich da vorn immer noch mit dem Tor abmühst. Offensichtlich, weil das Schloss eingerostet ist und klemmt.

Die Räder des Fiat drehten durch und ließen den Schotter seitlich wegspritzen. Der Wagen machte einen Satz nach vorn und schoss auf Björn zu. Björns Kopf fuhr mit einem Ruck hoch. Mit weit aufgerissenen Augen starrte er in Kevins Richtung. Der Blonde blieb vor Schreck wie angewurzelt stehen und hielt bloß eine Hand vors Gesicht, die Fläche nach außen. Der dumpfe Aufprall wurde von einem hässlichen Knirschen begleitet. Kevin legte den Rückwärtsgang ein und gab Björns Körper frei. Er nahm die Pistole aus dem Handschuhfach und stieg aus dem Wagen. Björn Weller war noch bei Bewusstsein.

„Warum?", brachte er mühsam hervor, nachdem er einiges an Blut ausgespuckt hatte.

Kevin Bolland entsicherte die Pistole. „Weil ich dir auf die Schliche gekommen bin, mein Lieber, darum."

Kevin sah das Unverständnis in Björns Augen, aber er wischte den aufkommenden Zweifel beiseite und drückte ab.

Kevin wollte sich der Leiche in einem entlang der Autobahn gelegenen Waldstück entledigen. Björns Schrebergarten lag zwar auch relativ einsam, aber er hatte sich direkt neben Björns Körper vor dem Gatter übergeben müssen. Er kannte sich nicht genug aus, um zu wissen, ob und wenn ja wie lange man ihm per DNA-Analyse auf die Schliche kommen würde, wenn der Tote und neben ihm das Erbrochene gefunden wurde. Also wollte er lieber auf Nummer sicher gehen und die Leiche einige Kilometer weit weg bringen.

Verbrennen war gewiss auch keine schlechte Idee, um die Identifizierung zu erschweren. Irgendwann würde es auch mal wieder regnen, und der Regen würde die Kotze dann wegspülen. Kevin überlegte weiter. Um den Toten noch unkenntlicher zu machen, könnte er auch noch Björns Kopf vom Körper ... nein, das ging dann doch zu weit. So etwas brachte er einfach nicht fertig. Nicht einmal für 250000 Euro. Kevin spürte, wie sich ihm der Magen erneut umdrehte. Er atmete tief durch und wartete einige Sekunden, bis er sich wieder beruhigt hatte. Anschließend schaffte er die Leiche schnell in den Kofferraum und fuhr Richtung Autobahn. Er musste sich beeilen, denn es war bereits kurz vor vier Uhr morgens. Eine halbe Autostunde entfernt wollte er sich Wellers Leichnam entledigen. Dazu sollte es jedoch nicht kommen.

Es war kurz nach vier Uhr, als Kevin Bolland einen Blick auf die Benzinuhr warf und feststellte, dass der Tank fast leer war. Er erinnerte sich an den Streit mit Björn wegen der Blondine und daran, dass sie die Tankstelle ohne zu tanken wieder verlassen hatten. Kevin fluchte und betete, dass es noch reichen würde. Zur Tankstelle, zum Flughafen, zum Häuschen im Grünen.

Er schaffte es gerade so bis zum nächsten Rasthof. Nachdem er die Zapfpistole wieder eingehängt hatte, nahm Kevin zwei Scheine aus dem Koffer und betrat den Tankstellenshop. Der Kassierer legte die Scheine in das Prüfgerät und blickte ihm direkt in die Augen.

„Tut mir leid, aber die Scheine sind falsch."

„Falsch?", wiederholte Kevin und starrte mit stumpfem Blick auf die Scheine, die er dem Kassierer gegeben hatte.

„Falsch", bestätigte der Mann hinter dem Verkaufstresen. „Irrtum ausgeschlossen. Ich muss die Polizei verständigen."

Es dauerte einige Sekunden, bis Kevin Bolland die völlige Tragweite dieser Aussage begriff. Er besaß kein anderes Geld, um den Sprit zu bezahlen. Alles was er hatte, war ein Koffer voller Falschgeld. So falsch wie die blonden Haare der Frau, die Weller an der anderen Tankstelle angesprochen hatte. Es war höchste Zeit für Kevin, sich etwas einfallen zu lassen. Der Kassierer griff bereits zum Telefon. Aber Kevin Bolland fiel nichts ein. Abhauen? Keine Chance. Diese Tankstelle verfügte gewiss über ein Videoüberwachungssystem, das ihn längst auf Film gebannt hatte.

Kevin hatte keine Ahnung, wie lange er schon so benommen da stand. Durch die Fensterscheibe sah er, wie ein Streifenwagen mit eingeschaltetem Blaulicht vorfuhr.

Niemand legt Winnie Schneider aufs Kreuz, dachte er, während er weiter in eine neblige Benommenheit hinabglitt. Weil Winnie Schneider derjenige ist, der alle anderen aufs Kreuz legt. Mit einem Koffer voller Blüten. Die Dealer, die in die Röhre geguckt hätten, wenn sie ihr Koks losgeworden wären ... Björn und ihn, wenn die Dealer den Betrug gemerkt hätten ... vor allem aber ihn selbst, den Mörder Kevin Bolland, der die Leiche seines Freundes im Kofferraum bis hierher spazieren gefahren hatte und jetzt aufgefordert wurde, eben diesen Kofferraum zu öffnen. Es war für ihn an der Zeit, seinen Traum von einem unbeschwerten Leben im Süden, mit eigenem Häuschen und einem Haufen Geld, zu begraben.

Künstlerpech

DAS WAR KEIN KÜNSTLER-MORD! Kommissar Auguste Le Meur konnte die Botschaft mühelos lesen. Anders als seine an der Ermittlung beteiligten Kollegen stand er in der Diele und blickte aus einer größeren Entfernung auf die Wohnzimmerwand. Der kantige Franzose mit dem dichten Schnauzbart wartete geduldig darauf, dass das Team der Spurensicherung mit der Arbeit fertig war. Er wusste aus Erfahrung, dass es keinen Zweck hatte, die Leute anzutreiben. Das würde sie nur gegen ihn aufbringen. Die Arbeit war auch so unangenehm genug. Der Tote hatte bereits einige Tage in der Wohnung gelegen, ehe Nachbarn sich über den Geruch beschwert und den Hausmeister verständigt hatten. Der hatte sich mit einem Passepartout Zutritt zur Wohnung verschafft und umgehend die Polizei gerufen.

Anscheinend war noch keinem der Spurenermittler die versteckte Botschaft aufgefallen. Das war auch kein Wunder. Um sie lesen zu können, musste der Betrachter nicht nur in einer gewissen Entfernung, sondern auch noch in einem bestimmten Winkel zu ihr stehen. Das Geschmier an der Wand erinnerte Auguste Le Meur an ein Bild im Stadtmuseum. Darauf waren, aus der Nähe betrachtet, auch nur breite Pinselstriche zu sehen gewesen. Ab etwa drei Metern Ent-

24

fernung jedoch, erkannte man deutlich ein Van Gogh-Porträt. Der Unterschied zwischen jenem Museumsbild und diesem Geschmiere am Tatort aber war, dass bei dem Porträt dort Ölfarbe verwendet worden war und bei der versteckten Botschaft hier – Blut. „Schöne Sauerei, was?", bemerkte Schrenk, der glatzköpfige Teamleiter der Spurensicherung, als er zu Le Meur in die Diele kam.

„Unser Freund hat schon besser gemalt, finde ich. Entweder war das ein Nachahmungstäter oder unser Künstler steckt in einer Schaffenskrise."

„Vielleicht ist er auch nur ein ausgekochter Lügner."

„Wie bitte?", Schrenk starrte den Franzosen, der seit knapp einem Jahr im Rahmen eines Austauschprogramms in Deutschland Dienst tat, verständnislos an. Le Meur trat einen Schritt zurück.

„Wenn Sie von hier aus auf die Wand schauen, werden Sie sofort verstehen, was ich meine."

Schrenk blieb zunächst skeptisch, tat aber, wie ihm geheißen.

„Donnerwetter, das ist ja ein Ding!" Der Spurensicherer ging ein Stück nach vorn.

„Von hier erkennt man nichts mehr. Nur Geschmier."

Er ging wieder zurück.

„Und ab hier kann ich es wieder lesen."

Wieder ein Schritt nach vorn.

„Und ab hier nicht mehr." Wieder ein Schritt zurück.

„Hier geht's wieder." Noch einmal nach vorn.

„Wirklich toll, einfach unglaublich!"

„Ich denke, Sie wissen jetzt worum es geht", unterbrach ihn Le Meur.

„Tja", Schrenk strich sich mit der Hand über die Glatze. „Damit können wir die Theorie vom Trittbrettfahrer wohl vergessen."

Le Meur wirkte nicht überzeugt. „Vielleicht", meinte er ausweichend. „Ich werde mich noch ein wenig umschauen, wenn Sie nichts dagegen haben."

Schrenk machte eine generöse Handbewegung.

„Bitte sehr, die Leiche ist bereits unter Dach und Fach und die Spuren wurden gesichert. Für mich gibt es hier nichts mehr zu tun. Viel Spaß noch." Er rauschte davon.

DAS WAR KEIN KÜNSTLER-MORD! Bevor Auguste Le Meur das Zimmer betrat, las er noch einmal die Botschaft. Lüge oder nicht, was sprach dafür, was dagegen? Das mit Blut hergestellte Gemälde ließ scheinbar eindeutig die Handschrift des Künstlers erkennen. Jenes Serienmörders, der seit etwa drei Monaten die Stadt in Atem hielt. Fünf Morde, wenn man diesen hier mitrechnen konnte. Alle in einem Umkreis von noch nicht einmal einem Kilometer. Die Körper der bedauernswerten Opfer waren stets mit einer scharfen Klinge aufgeschlitzt worden. Und in allen fünf Fällen hatte der Killer ein mit dem Blut der Getöteten gemaltes Bild hinterlassen. Hier eine Reminiszenz an Picassos 'Guernica' und dort eine an ein Gemälde von Edvard

Munch. An Alfred Kubin und Hieronymus Bosch erinnerten die anderen beiden Leichenfunde. Soviel zu den Übereinstimmungen.

Dann gab es aber noch die Ungereimtheiten. Die Opfer des Künstlers waren bisher ausschließlich weiblichen Geschlechts gewesen. Alle vier Frauen hatte der Killer vom Hals bis zum Schambein aufgeschlitzt. Dem Mann hier, Alfred Wenzel, wie Le Meur den Papieren hatte entnehmen können, waren aber nur zwei Stiche in den Magen zugefügt worden. Und dann der Tatort selbst. Eine Wohnung. Noch ein Unterschied. Die Frauen hatten alle im Freien sterben müssen. Auch die letzte, eine kaum zwanzig Jahre alte Apothekentochter, die nur wenige Straßen entfernt mit ihrer Mutter zusammen gewohnt hatte.

Beim ersten Schnee in diesem Winter hatte es sie erwischt. Der Künstler hatte Edvard Munchs 'Der Schrei' auf das Garagentor gepinselt, vor dem das Blut des Mädchens den Schnee rot färbte. Witwe Wagenbeil, die Mutter der zuletzt Ermordeten, gebärdete sich halb wahnsinnig vor Schmerz, als Le Meur ihr die Nachricht überbrachte. Der Kommissar petzte seine Nasenwurzel, um die Erinnerung zu vertreiben. Es wollte ihm nicht gelingen. Immer wieder tauchte in seinem Innern das vor Entsetzen verzerrte Gesicht der Mutter auf. Starre Augen, deren Lider nur einmal zuckten, als der Name eines Hämophiliemedikaments fiel. Le Meur war sich damals nicht sicher gewesen, ob Frau Wagenbeil ihn überhaupt verstanden hatte, als er sie fragte, ob ihre Tochter die Bluterkrankheit hatte. Jedenfalls war ein entsprechendes Medikament am Tatort gefunden worden, originalverpackt. Eine scheinbar heiße Spur. die jedoch im Sand verlaufen war. Kein Apotheker in der Stadt wollte das Gerinnungspräparat verkauft haben.

Noch einmal zur Wand geschaut, bevor es zurück zum Revier ging. DAS WAR KEIN KÜNSTLER-MORD! Nein, Auguste Le Meur glaubte nicht daran, dass das eine Lüge war. Das könnte aber in diesem Fall nur bedeuten ... Nein, keine voreiligen Schlüsse jetzt. Der Laborbericht würde Le Meurs Theorie endgültig bestätigen oder aber widerlegen. Solange konnte Der Kommissar noch warten.

II

„Bingo, Herr Kommissar. Genau wie Sie vermutet haben. Meine Hochachtung!" Schrenk schleuderte den Bericht mit elegantem Schwung auf Le Meurs Schreibtisch und war bereits wieder verschwunden, ohne dem Franzosen Gelegenheit zu einer Antwort zu geben. Nachdem Auguste Le Meur sich durch den Bericht geblättert hatte, zog er Hut und Mantel an und verließ ebenfalls das Büro. Eigentlich hätte er laut Vorschrift einen Kollegen hinzuziehen müssen, aber Le Meur fand, dass das in diesem Fall nicht nötig war.

Unterwegs ertappte er sich dabei, wie er seinen Weg hinauszögerte, die Schritte verlangsamte und immer wieder vor einem Schaufenster stehen blieb, um mit leerem Blick hineinzustarren. Nein, leicht fiel ihm dieser Weg nicht, zur Ring-Apotheke, wo Le Meur die Apothekerin Annette Wagenbeil aufsuchen wollte.

Bleich sah sie aus, die Frau. Ihre dunkeln Haare und das schwarze Kostüm unterstrichen diese Blässe noch. Frau Wagenbeils Hand zitterte, als sie die Ladentür abschloss und dem Kommissar den Durchgang anzeigte, der zur angrenzenden Privatwohnung führte. Le Meur ging voraus, bis er eine kleine Diele betrat. Dort legte er Hut und Mantel ab und folgte Frau Wagenbeil in ihr Wohnzimmer. Der Kommissar lehnte Frau Wagenbeils höfliches Angebot von Kaffee oder Tee ebenso höflich aber bestimmt ab.

„Ich möchte lieber gleich zur Sache kommen, Frau Wagenbeil. Mein Besuch hier ist inoffiziell. Ich möchte ihnen Gelegenheit geben, ein Geständnis abzulegen, bevor meine Kollegen sie verhaften werden. Das bringt ihnen mildernde Umstände."

Frau Wagenbeil griff nach ihren Filterzigaretten und zündete sich schweigend eine an. Le Meur sah der Apothekerin zu, wie sie inhalierte und den Rauch geräuschvoll wieder ausstieß. Keine Antwort.

„Ich habe heute den Laborbericht über den Mord an Herrn Wenzel bekommen", nahm Le Meur den Faden wieder auf.

„Er litt an Hämophilie."

„Litt?", wiederholte Frau Wagenbeil tonlos. „Dieser Dreckskerl hat nicht genug gelitten."

„Ich glaube, ich weiß, wie es gewesen ist", sagte Le Meur. „Sie wussten, dass Wenzel Bluter war. Da er nur zwei Straßen weiter wohnte, kaufte er wahrscheinlich sogar seine Medikamente in Ihrer Apotheke. Das haben Sie aber gegenüber der Polizei nicht erwähnt. Daher konnte die Herkunft des Gerinnungspräparats, das neben Ihrer Tochter gefunden wurde, nicht ermittelt werden. Ich nehme an, dass Wenzel zum fraglichen Zeitpunkt als einziger dieses Medikament bei Ihnen gekauft hat. Als sie erfuhren, dass genau dieses Präparat am Tatort gefunden worden war, wussten Sie auch, dass Wenzel der Mörder sein musste."

Le Meur machte eine Pause. Frau Wagenbeil drückte ihre Zigarette aus und griff erneut zur Packung.

„Ich hätte ihm natürlich ein Placebo verkaufen und dann einfach warten können, bis er draufgeht", sagte sie, ehe sie die Zigarette anzündete. „Aber das wäre zu wenig gewesen. Ich wollte sehen, wie das Schwein blutet, und ich wollte, das er es mitkriegt."

Die Apothekerin drehte den Kopf zur Seite und blies den Rauch aus ihrer Lunge. „Wenzel hatte sogar die Nerven, nach dem Mord an Corinna, meiner Tochter, zu mir in die Apotheke zu kommen, um sich Ersatz für das Mittel, das er neben ihrer Leiche verloren hatte, zu besorgen."

Die Zigarette zerbröselte unter dem Druck von Frau Wagenbeils Hand. Glut fiel auf die Tischdecke und brannte ein kleines Loch hinein. Frau Wagenbeil zerdrückte den Rest der Zigarette im Aschenbecher und knetete nervös ihre Hände.

„Ich log ihm vor, dass ich das Medikament erst später im Laufe des Tages geliefert bekäme und bot an, es ihm nach Hause zu bringen. Er ging tatsächlich darauf ein. Vielleicht sah er in mir ja sein nächstes Opfer. Mutter und Tochter kurz hintereinander zu ermorden, als ultimativer Kick, was weiß ich. Ich steckte mir ein Messer in die Tasche und suchte Wenzel am Abend in seiner Wohnung auf. Ich gab ihm kaum Gelegenheit, die Tür hinter mir zu schließen. Ich zog mein Messer und stach ihm in den Bauch. Einmal, zweimal. Ich wusste, dass er keine Überlebenschance haben würde, wenn ich seinen Magen oder seinen Darm erwischte. Ich traf ihn gut. Wenzel blutete stark. Er taumelte ins Wohnzimmer und brach dort zusammen. Ich beugte mich über ihn und sagte, dass ich ihn genauso aufschlitzen würde, wie er es bei meiner Tochter und den anderen Frauen gemacht hatte, damit es so aussehe, als wäre er selbst ein Opfer des Künstlers geworden. Außerdem würde ich noch ein Bild mit seinem Blut an die Wand malen. Wenzel stöhnte auf, es war das einzige Mal, dass er eine Reaktion zeigte. Dann hörte ich Schritte in der Wohnung obendrüber und verlor die Nerven. Ich bekam es mit der Angst, jemand könnte uns gehört haben und nachsehen wollen. Ich verließ Wenzels Wohnung auf dem schnellsten Weg. Das Schwein würde verbluten, da war ich mir sicher.“

„Was er dann auch tat.“ kommentierte Le Meur trocken. Diese Frau ist extrem hart, dachte er bei sich. Sie schont niemanden, nicht einmal sich selbst. Frau Wagenbeil nahm sich eine neue Zigarette.

„Wie sind Sie so schnell auf mich gekommen?"

„In Wenzels Wohnzimmer gab es tatsächlich ein Bild an der Wand. Der Künstler hat es selbst gemalt, mit seinem eigenen Blut."

Le Meur erzählte Frau Wagenbeil von der versteckten Botschaft.

„Wenzel wusste doch wie ich heiße", wunderte sich die Apothekerin. „Er hätte gleich meinen Namen an die Wand schreiben können."

Le Meur erhob sich aus seinem Sessel und zuckte die Schultern.

„Serienmörder sind in der Regel geltungssüchtige Zeitgenossen. Sie sonnen sich häufig im Gefühl ihrer Originalität, wenn sie so etwas wie eine Visitenkarte am Tatort hinterlassen. Offenbar hat Wenzel ihre Bemerkung, dass sie seine Mordvariante kopieren wollen, so stark getroffen, dass er vor allem Wert darauf legte, das klarzustellen. Dafür spricht auch, dass Wenzel erst dann eine Reaktion zeigte, als Sie ihm ankündigten, ihn nachzuahmen."

„Dabei hat er sich doch selbst bloß der Motive großer Maler bedient", sagte Frau Wagenbeil und erhob sich ebenfalls.

„Ich möchte mich noch etwas frisch machen, bevor ich mit Ihnen zum Revier gehe, wenn Sie nichts dagegen haben."

„Bitte."

Kommissar Auguste Le Meur sollte dieses Wort noch lange bereuen. Es brachte ihm eine harte Zeit ein, mit stundenlanger Befragung durch eine Untersuchungskommission, die von LeMeur Aufklärung darüber verlangte, warum er Alfred Wenzels Mörderin allein aufgesucht hatte.

Wenige Sekunden, nachdem die Apothekerin die Badezimmertür hinter sich abgeschlossen hatte, hörte Le Meur einen Schrei, der ihm das Blut in den Adern gefrieren ließ. Er warf sich gegen das Türblatt, das unter dem Ansturm zersplitterte und stürzte ins Bad. Auf den Fliesen lag Frau Wagenbeil. Ihr Mund und ihre Augen waren weit aufgerissen. Neben der Leiche stand eine offene Flasche.

„Salzsäure, vermutlich in der Wohnung deponiert, für den Fall, dass man sie erwischt", würde Auguste Le Meur später der Kommission erklären.

Der Kommissar griff zum Telefon. Er wusste, er hatte ein Problem.

Totenholz

Kommissar Auguste Le Meur verbrachte den Sommerurlaub in seinem Wochenendhaus, das er sich vor einigen Jahren in Taunusstein-Hambach gekauft hatte.

Nach einem anstrengenden Arbeitsjahr fiel es ihm sehr schwer, einfach abzuschalten. Auch nach zwei Tagen war er gedanklich noch bei seinen zurückliegenden Fällen.

Als er am Morgen des dritten Tages die Lokalzeitung aufschlug, fiel sein Blick auf zwei Schlagzeilen, die um die Vorherrschaft auf der Titelseite zu kämpfen schienen. *Entflohener Strafgefangener im Taunus vermutet* lautete die erste, *Achtjähriges Mädchen verschwunden* die zweite.

Entgegen seines Vorsatzes, endlich einmal einen unbeschwerten Urlaub zu verbringen, suchte Auguste Le Meur nun doch das Polizeirevier in Bad Schwalbach auf. Dort erfuhr er, dass die zuständige kriminalistische Abteilung derzeit völlig überfordert war, weil sich einerseits zwei Kollegen im Krankenstand befanden und andererseits ungewöhnlich viele Fälle offen waren. Dazu hatte noch eine Kollegin Urlaub.

„Und dann noch der entlaufene Irre und ein seit zwei Tagen vermisstes Kind. Ich weiß gar nicht mehr, wo mir der Kopf steht", erklärte der zuständige Kollege. „Den Fall des Ausbrechers wird zum Glück das

Landeskriminalamt übernehmen", fügte er noch hinzu.

Und da Le Meur sowieso dort arbeitete ...

Zwei Telefonate später durfte der stattliche Wiesbadener Kommissar offiziell ermitteln. Wie es der Zufall so wollte, überlegte Le Meurs Vorgesetzter gerade, wen er auf den Fall ansetzen konnte, als der Kommissar ihn anrief.

Das Briefing war schnell erfolgt. Der Gesuchte war Goran Wenger, ein Gewaltverbrecher und Psychopath, der aus der geschlossenen Abteilung einer psychiatrischen Klinik in Mainz ausgebrochen war. Wenger hatte dort wegen Totschlags in Verbindung mit schwerem Raubüberfall auf eine Bankfiliale eingesessen. Die Beute war bis heute nicht wieder aufgetaucht. Der Anwalt des Kriminellen hatte es geschafft, ihn und seinen Komplizen, Werner Krasnik, für geisteskrank erklären zu lassen. Krasnik, der zeitgleich mit Wenger hatte ausbrechen wollen, war noch auf dem Klinikgelände festgenommen worden.

Nach der Flucht hatte es die eine oder andere Sichtung des Verbrechers gegeben. Die Spur hatte sich letztendlich in einem unterhalb des Hahner Kreckelbergs befindlichen Waldstücks, das hier unter der Bezeichnung Totenholz bekannt war, verloren. Es hieß, dass es dort spukte.

„Spuk?" Le Meur hoffte, sich verhört zu haben.

Der Bad Schwalbacher Kollege wand sich. „Nun ja, das ist natürlich nur eine Legende. Vor Beginn der beiden Weltkriege, so die Überlieferung, soll über dem

Odenwald regelmäßig ein gespenstischer Pferdezug am Himmel erschienen sein, ein Geisterheer, das unter der Führung des Ritters von Rodenstein mit Kettengerassel, Hufgetrampel und Waffengeklirr durch die Lüfte zog."

„Wir sind hier nicht im Odenwald", unterbrach ihn Le Meur.

„Ich bin noch nicht fertig", antwortete der Kollege mit einem entschuldigenden Lächeln. „Von einem der Reiter heißt es, dass er sich von der wilden Horde am Himmel gelöst und in den Untertaunus abgesetzt hat. Seither soll er hier bei uns ruhelos durchs Totenholz streifen."

„Sie glauben das?", fragte Le Meur.

„Ist wie gesagt nur eine Legende."

„Sie glauben das?", wiederholte der Wiesbadener Kommissar.

„Das Waldstück ist wirklich ein bisschen unheimlich", gab der Bad Schwalbacher Beamte schließlich zu. „Die Leute hier machen alle einen Bogen darum."

Le Meur überlegte. Ein Räuber, der sich verstecken wollte und sich vermutlich gerade im Untertaunus aufhielt, und ein Mädchen, das ausgerechnet jetzt vermisst wurde. Was, wenn die beiden aufeinander getroffen waren?

„Wurde das Totenholz bei der Suche nach dem Mädchen durchkämmt?", fragte er.

„Flüchtig", erwiderte der Polizist. „Es ist zu weit weg von der Stelle, an der sie verschwand. Natürlich haben wir auf den Straßen Kontrollpunkte errichtet.

Wir hoffen, dass das Mädchen – sie heißt übrigens Melanie Zink – nicht auf Wenger gestoßen ist". Leise fügte er noch hinzu. „Wenn Wenger sie erwischt haben sollte, dann gnade ihr Gott."

Le Meur wollte zuerst mit Melanies Eltern sprechen und anschließend Werner Krasnik befragen.

Herr und Frau Zink waren beide zu Hause. Der Vater wirkte nervös und brachte es nicht fertig, sich hinzusetzen. Die Mutter schien beherrschter zu sein, wenngleich ihr Gesicht sehr blass war. Natürlich wussten beide von dem Ausbruch Wengers und befürchteten das Schlimmste.

„Wenn sie diesem Kerl in die Hände gefallen ist", sagte der Vater, „und er ihr etwas angetan hat, dann bringe ich ihn um!"

„Sagen Sie: Hat Ihre Tochter eigentlich eine Lieblingsstelle, wo sie gern spielt? Außer hier zu Hause, meine ich."

„Im Totenholz", antwortete die Mutter. „Da ist sie oft mit anderen Kindern hingegangen. Aber an dem Tag, an dem sie verschwunden ist, war sie auf einem Spielplatz hier in der Nähe."

„Wir haben ihr immer wieder verboten, ins Totenholz zu gehen!", mischte sich Herr Zink ein und ballte die Fäuste.

„Es sind Kinder", wandte seine Frau ein. „Sie machen Mutproben, ohne zu wissen, auf was sie sich da einlassen."

„Mutproben? Was meinen Sie damit?", fragte Le Meur, wobei er die Antwort bereits ahnte.

„Es heißt, da geht der wilde Reiter um. Das ist ...“

„Eine Spukgestalt“, vollendete Le Meur den Satz. „Ich habe davon gehört.“

Eine Weile stellte er noch diverse Fragen, konnte aber nicht viel mehr in Erfahrung bringen als das, was ohnehin schon im Vernehmungsprotokoll stand.

Le Meur fuhr in seinem roten Alfa Romeo auf die andere Rheinseite zu der Psychiatrie, in der noch Wengers Kumpane saß. Auf dem Psychiatriegelände angekommen, wurde der Kommissar von einem Angestellten zu dem Trakt gebracht, der Krasniks gegenwärtiger Aufenthaltsort war.

„Krasnik ist noch im Therapieraum“, begrüßte der zuständige Arzt den Polizisten. „Ah, da kommt er ja.“

Der Insasse wurde von einem Pfleger begleitet, der ziemlich angespannt wirkte. Krasnik steuerte auf den Arzt zu und hielt ihm ein Blatt Papier unter die Nase. Der Psychiater verzog angewidert das Gesicht.

„Künstlerische Differenzen“, erklärte Krasnik dem Kommissar. Le Meur warf einen Blick auf die Zeichnung, ein wildes Durcheinander pornographischer Skizzen und Nazisymbole.

„Haben Sie sich inzwischen noch einmal Gedanken darüber gemacht, was Wenger vorhaben könnte?“, kam Le Meur gleich zur Sache.

„Keine Ahnung. Was ist passiert, dass die Polizei ein zweites Mal danach fragt und meine kostbare Zeit raubt?“

„Ein Mädchen ist verschwunden.“

„Vielleicht hat sie ja der wilde Reiter geholt". Krasnik kicherte.

„An Ihrer Stelle würde ich mir eher Sorgen machen, dass Wenger mit der Beute alleine durchbrennt", gab Le Meur ruhig zurück.

„Backe, backe Kuchen", sagte Krasnik. Aber Le Meur ließ sich nicht täuschen. Er hatte das unruhige Zucken im Auge des angeblich Verrückten sehr wohl registriert.

„Der Bäcker hat gerufen", sang Krasnik weiter.

Ein Blick zu Krasniks Psychiater, der kaum merklich den Kopf schüttelte, sagte Le Meur, dass er hier nichts mehr erfahren würde. Aber er hatte ohnehin genug gehört. Obwohl nicht direkt aus der Gegend, war Krasnik und Wenger offenbar die Legende vom wilden Reiter bekannt. Wenn ihnen nach dem Überfall seinerzeit die Polizei direkt auf den Fersen gewesen war, hatte es dann einen besseren Platz zum Verstecken der Beute geben können, als das von vielen Einheimischen gefürchtete Totenholz? Da sich dort vermutlich nur selten jemand hin verirrte, hätten sie dort ungesehen zu Werke gehen können.

Vielleicht hatte Wenger dann beim Bergen der Beute nicht mit dem Übermut der Kinder gerechnet. Was, wenn die kleine Melanie in Wirklichkeit dorthin gegangen war, statt zu dem Spielplatz, auf dem ihre Eltern sie wähnten?

Und wenn Wenger tatsächlich dort gewesen ist, hatte er dann eine Chance gehabt, die Gegend unbemerkt zu verlassen? Sämtliche nahegelegenen Straßen wurden überwacht. Sollte er durch Wald und über Felder einen Ort erreicht haben, hätte er schnell einem Passanten auffallen können.

Le Meur beschloss, sich das fragliche Waldstück einmal selbst anzusehen. Nach einer eigenen Sichtung würde er entscheiden, ob er eine neue, gründlichere Durchsuchung anordnete. Der Kommissar besorgte sich eine Wanderkarte und steuerte das Totenholz an. Da er sich zunächst nur einen groben Überblick verschaffen wollte, verzichtete er auf den zweiten Mann, der bei offiziellen Polizeieinsätzen vorgeschrieben ist.

Nachdem er seinen Wagen auf dem kleinen Waldparkplatz abgestellt hatte, schritt er los.

Bald fiel ihm ein altes Gemäuer ins Auge, dessen ursprünglicher Zweck aufgrund seines Verfalls nicht mehr erkennbar war. Le Meur vermutete, dass es sich bei dieser Ruine um die Überreste einer seit Jahrzehnten verlassenen Mühle handelte.

Der Weg dorthin war inzwischen so zugewachsen, dass der Kommissar Mühe hatte, durch das Unterholz voranzukommen. Allerdings war vereinzelt Buschwerk niedergetrampelt worden. Entweder befand er sich auf einem Wildwechselpfad, oder Kinder hatten hier ihren Spaß gehabt. Vielleicht war aber auch ...

Plötzlich hörte Le Meur Stimmen. Eine davon weinerlich – ein Kind. Die andere rau und wütend – ein Mann.

Le Meur beschleunigte seine Schritte und rannte auf das kleine Gebäude zu, in dem sich die Personen aufhielten. Auf dem Weg zückte er sein Handy, denn spätestens jetzt war es an der Zeit, die Kavallerie zu holen. Doch dazu kam es nicht, denn der Akku war leer. Le Meur verfluchte seine Nachlässigkeit. Zurück zum Auto zu rennen kam für ihn nicht in Frage, denn hier war eindeutig Gefahr in Verzug! Also sprintete er weiter zu dem Gebäude.

Mit einem Fußtritt gegen eine nur noch halb in den Angeln hängende Tür verschaffte er sich Zugang zu einem feuchten Raum und blickte direkt in den Lauf einer Pistole, die Wenger auf ihn gerichtet hielt. Der Mann stand gerade soweit weg von der Tür, dass diese ihn nicht erwischt hatte, als der Polizist sie aus den Angeln getreten hatte.

„Sag Lebewohl zu dieser Welt", begrüßte ihn der Kriminelle. Melanie kauerte in einer Ecke, blass und abgemagert, die Augen weit aufgerissen.

Plötzlich ertönte ein Geräusch, dass Wenger für einen Augenblick ablenkte. Zeit genug für Le Meur, um den Ausbrecher mit einem Tritt zu entwaffnen und anschließend mit einem gezielten Handkantenschlag außer Gefecht zu setzen.

„Du brauchst keine Angst mehr zu haben", sagte Le Meur. Während er Wenger Handschellen anlegte, sah er sich um. Irgendwo musste das Geräusch hergekommen sein, das den Verbrecher abgelenkt hatte. Doch es gab nichts zu entdecken.

„Kannst du aufstehen?", fragte er das Mädchen.

„Ja". Melanie erhob sich langsam. „Er hat uns gerettet", sagte sie und sah Le Meur mit großen Augen an.

„Was meinst du?", fragte der Kommissar.

„Der wilde Reiter. Er hat Ihnen geholfen und den bö-
sen Mann abgelenkt."

Le Meur lächelte und schwieg. Aber er sollte noch
oft an dieses Geräusch denken, das Wenger irritiert
und ihm selbst das Leben gerettet hatte. Ein ungewöhnliches Geräusch, das es in dem dichten Unterholz
gar nicht hätte geben dürfen.

Das Geräusch eines galoppierenden Pferdes.

*Anmerkung des Autors: Die wilde Reiterhorde ist eine
Legende aus dem Odenwald. Dass sich eins ihrer Mitglieder in den Untertaunus abgesetzt hat, ist reine Erfindung. Bei der Beschreibung der Schauplätze habe ich
mir ebenfalls einige Freiheiten erlaubt. Das Gebiet um
den Hahner Kreckelberg wird auch nicht gemieden, im
Gegenteil. Dort veranstaltet der Gesangsverein Aartal-
Lerchen Feiern zur Sommersonnenwende.*

Zaster

Der Himmel über dem Friedhof in Taunusstein-Hahn war strahlend blau. Gilbert Mommsen stand vor dem Grab, das noch wenige Stunden zuvor offen gewesen war.

„War mir zu viel los gewesen", murmelte er. „Kennst mich ja. Hatte noch nie viel mit anderen Leuten am Hut."

Mommsen drehte seine Kopfbedeckung, eine Melone, in den Händen, während er leise weiter sprach. „Bin immer ein Einzelgänger gewesen, seit ich zurückdenken kann. Lebte in meiner eigenen Welt. Keine Frauen, keine Freunde. Hab niemandem so recht getraut, weißt du?"

Ein Blick gen Himmel zeigte dem Fünfunddreißigjährigen, dass sich das Wetter heute bestimmt nicht mehr ändern würde. Die Erkenntnis brachte ihn zum Lächeln.

„Kaiserwetter für den guten alten Florian. War ja auch nicht anders zu erwarten."

Ein kurzer Hustenreiz ließ Mommsen für einen Moment den Faden verlieren. Es dauerte einen Augenblick, ehe ihm wieder einfiel, was er hatte sagen wollen.

„Richtig, die Sonne. Warst selber immer ein Sonnenschein gewesen. Bist gleich auf mich zugekommen und hast dich von meiner mürrischen Art nicht abschrecken lassen. Da konnte ich anfangs noch so abweisend sein. Du hast mich einfach gemocht, Florian Geller. Das habe ich irgendwann gemerkt, und darum habe ich dich dann auch gemocht." Mommsen seufzte. „Ich war der Neue in der Bande. Der Laufbursche, derjenige der immer die Drecksarbeit machen durfte. Du hast dich gleich für mich eingesetzt. Fiel dir sicher leichter als mir, dir Respekt zu verschaffen. Warst ja so doppelt so breit wie ich und zweieinhalb Köpfe größer. Ich dagegen war immer der kleine flinke Kerl, der seinen Grips anstrengen musste, um den Kopf aus der Schlinge zu ziehen.

Ich habe niemandem getraut. Später, als wir Freunde geworden waren, habe ich dir auch immer gesagt, dass du niemandem vertrauen sollst, nicht einmal mir. Du warst viel zu leichtgläubig. Hast immer von dir auf andere geschlossen und gedacht, dass alle anständig sein müssten, weil du es selbst warst. Na ja, mal davon abgesehen, dass Einbrüche und Überfälle nicht gerade das Ideal bürgerlichen Anstands sind. Aber auf Ganovenehre hast du immer was gegeben. Darum haben dich die anderen auch immer respektiert. Nicht nur wegen deiner breiten Schultern.

Ja, Ja, die Gang. Wen gab es denn da noch? Harry, den Kettenraucher, den sicher die Zigaretten früher oder später ins Grab gebracht hätten, Peter, unseren Boss ... um den war es schon ein bisschen schade. War vielleicht ein wenig zu sehr um Harmonie in der Gruppe bemüht, anstatt diesem Walter einmal richtig die

Meinung zu sagen. Ja, und da war eben noch Walter, der alte Fettsack. Außer mir der einzige, den es nicht erwischt hat. Aber du hast ja selbst immer gesagt, dass es diejenigen am wenigsten trifft, die den meisten Schaden anrichten. Dass du und die anderen jetzt tot sind, ist alles Walters Schuld. Hoffentlich gibt es im Knast nicht genug zu fressen für den. Das würde ich ihm von Herzen gönnen, diesem Kotzbrocken. Von wegen 'Dicke sind gemütlich', ha!" Mommsen wollte schon ausspucken, erinnerte sich aber gerade noch rechtzeitig, wo er sich befand. Also schluckte er das runter, was immer sich in seinem Mund angesammelt hatte.

„Entschuldige bitte, Florian, aber du weißt ja. Walter konnte mich von Anfang an nicht leiden. Wann immer sich ihm die Gelegenheit dazu bot, hat er mich schikaniert und bis aufs Blut gereizt. Jedes Mal, wenn er an mir vorbei ging, hat er mir den Hut vom Kopf geschlagen. Das machte mich immer wütend. Die Melone war das einzige, was mir mein Vater hinterlassen hatte. Wenn man das überhaupt so nennen kann. Ich war keine zwei, als er Mutter und mich hat sitzen lassen. Der Hut blieb zurück und wurde nie weggeschmissen. Keine Ahnung warum. Irgendwann hat er mir dann gepasst. Seither trage ich ihn. Und es würde mir echt was ausmachen, das gute Stück zu verlieren. ‚Du liebst den Hut mehr als einen Freund', hast du einmal zu mir gesagt und richtig traurig dabei ausgesehen. Ich bin still geblieben. Konnte ja nichts dazu sagen, denn du hattest Recht – wie so oft. Ich werde schon sauer, wenn jemand anders nur mal die Melone anfassen will. Aber gerade das machte es für dieses Arschloch ja Walter so reizvoll."

Mommsens Griff um die Melone wurde fester. Die Erinnerung an den dicken Walter machte ihm sichtlich zu schaffen. „Wo er nur konnte, hat er mir eins ausgewischt. Mich um meinen Anteil betrogen. Sofort seinen Anspruch auf alles geltend gemacht, sobald ich nur den Mund aufmachte, um zu sagen, dass mir ein bestimmtes Beutestück gefiel. Ja, ja, die Juwelen. Die hatten`s uns angetan. Anfangs wollten wir lieber Banken und Geldtransporte überfallen, um gleich an Bargeld zu kommen, aber Peter hat es uns ausgeredet. Er war wirklich der klügste von uns. Darum hörten wir auch auf ihn.

‚Leute überlegt doch mal', hat er gesagt. ‚Wir haben gerade die Jahrtausendwende gefeiert. In knapp zwei Jahren sagen wir der D-Mark ade und bekommen den Euro. Wenn wir jetzt anfangen, Kohle zu klauen, müssen wir die erstmal `ne Weile liegen lassen, bis Gras über die Sache gewachsen ist. Dann können wir auch nicht gleich alles auf einmal ausgeben, weil die Scheine registriert sind. Bis wir also soweit sind, dass wir was von dem Geld haben, steht die Währungsreform vor der Tür. Nee Leute, ich sage, wir machen in Edelsteinen. Das Risiko ist geringer und Leute, die gut dafür zahlen, kenne ich auch. Das Geld, das wir dann bekommen, können wir gleich mit vollen Händen ausgeben. Kohle macht nur gierig und bringt nichts als Ärger.'

Recht hat er gehabt, der Peter. Vor allem mit dem Är-ger. Das war richtig prophetisch von ihm. Kaum war der Euro da, sind wir nämlich doch ins Geldgeschäft eingestiegen. Die Hehler zahlten einfach nicht mehr genug und nahmen auch kaum noch was von uns an. Also haben wir umgesattelt. Und prompt gab`s Ärger. Nein, der Ärger war schon vorher da. Noch zu unseren Juwelenzeiten. Da hättest du es einmal wirklich drauf ankommen lassen. Hättest dich glatt mit Walter für mich geschlagen. Das muss ich dir hoch anrechnen. Obwohl, naja, hätte auch so aussehen können, als wäre ich nicht in der Lage gewesen, meine Probleme selbst zu lösen. Aber ich will dich nicht kritisieren, Florian. Wirklich nicht. Denn ich wäre der Letzte, der dazu das Recht hätte. Jedenfalls weiß ich noch, wie wir zusammen in unserem Quartier saßen. Einem ziemlich heruntergekommenen Kellerraum in einem halb verfallenen Haus, außerhalb von Bad Schwal-bach, wo nur ein paar Junkies hausten, die sowieso nichts mitkriegten. Kurz nach dem Bruch beim Schmuckgeschäft in der Wiesbadener Innenstadt, da wollte mir Walter wieder einmal etwas streitig ma-chen. Er hatte bereits ein Schmuckstück zugesprochen bekommen, eine Halskette mit Rubinen. Hätte beim Hehler nicht viel gebracht. Viel zu auffällig. Aber er wollte es seiner Lieblingsnutte schenken. Hatte ja sonst kein Mädchen, fett wie der war. Jedenfalls war ich nun dran mit Aussuchen. Ein Smaragdring war`s, der mir so gefiel. Ich streckte meine Hand aus, um da-nach zu greifen, aber Walter schlug sie beiseite und rief: ‚Der ist mir!' Ich fragte ihn, ob er noch alle Tassen im Schrank habe und griff erneut nach dem Ring. Patsch, schlägt dieser Idiot doch wieder meine Hand weg. Und dann, wieder Patsch, haut er mir den Hut vom Kopf. Da ist bei mir 'ne Sicherung durchgebrannt, und ich hab dem Kerl direkt eine reingehauen. Mitten auf die Nase. Leider nicht fest genug, um sie aufplatzen zu lassen. Muss Walter aber doch weh getan haben, denn er war weiß vor Wut. Er ist mit einer Geschwindigkeit von seinem Stuhl hochgeschossen, die ich ihm niemals zugetraut hätte und hat nur rumgeschrien. ‚DAFÜR MACH ICH DICH ALLE, FERTIG MACH ICH DICH!' Ich war sicher auch blass im Gesicht, aber wohl mehr aus Angst vor dem, was ich angerichtet und nun zu erwarten hatte."

Mommsen hörte Schritte und drehte sich um. Zwei Grabreihen weiter ging eine ältere Frau entlang und blieb schließlich vor einem Grab stehen. Er drehte sich wieder um und fuhr in seinem Monolog fort.

„Ich bin dir einiges schuldig, Florian. Nicht nur, dass du damals eingegriffen und dich zwischen Walter und mich gestellt hast. ‚Wage es, den Jungen anzurühren und ich schlag dir die Zähne aus dem Maul', hattest du gesagt. Jeder wusste, dass es dir damit ernst gewesen ist. Sogar der blöde Fettsack von Walter. Der hatte nur kurz überlegt, ob er es mit dir aufnehmen soll, sich dann aber klugerweise dagegen entschieden. Still hat er sich wieder hingesetzt. Den Blick, den er mir dabei zuwarf, werde ich nie wieder vergessen. So viel Hass lag darin."

Mommsen drehte sich erneut um, weil er wieder Schritte hinter sich hörte. Es war dieselbe Frau wie vorher. Sie hielt eine Gießkanne in der Hand und ging zu einem Becken, um sie aufzufüllen. Mommsen beobachtete sie eine Weile, aber die Frau schenkte ihm keine Beachtung und goss die Blumen auf dem Grab, das sie besuchte.

„Ich werde wohl langsam paranoid", murmelte er und drehte sich wieder zu Florians letzter Ruhestätte.

„Jedenfalls war seit unserer Auseinandersetzung mit Walter der Wurm drin. Ständig lag eine Spannung in der Luft, die wir alle spürten. Tja, und ausgerechnet da landeten wir unseren größten Coup. Mit Bargeld. Satte viereinhalb Millionen. Die gesamten Wochenendeinnahmen vom Bleidenstädter Einkaufszentrum an der Aarstraße, inklusive der Lottokasse, die ebenfalls prall gefüllt war, weil die Riesensumme im Jackpot alle Welt verrückt gemacht hatte und selbst solche Leute dazu brachte, ihr Glück zu versuchen, die sonst nie spielten. Und es war das erste Wochenende in diesem Monat gewesen, das Wochenende, wo die Leute noch Geld in der Tasche haben und ganz wild darauf sind, es auszugeben. Da saßen wir also in unserem Quartier, zwei Stockwerke unter den Junkies und beratschlagten, was wir mit dem Zaster anfangen sollten. ,Liegen lassen, bis Gras über die Sache gewachsen ist', meinte Peter. ,Das Geld liegt vorerst sicher in dem Gepäckschließfach im Wiesbadener Hauptbahnhof. Alles, was wir tun müssen, ist, ab und zu etwas Geld für die Miete in den Münzschlitz zu werfen.'

‚Mir gefällt das nicht', hatte Harry daraufhin gesagt, während er nervös eine Zigarette aus der Schachtel fingerte.

‚Mir auch nicht', pflichtete Walter ihm bei und fragte: ‚Wer hat überhaupt den Schlüssel für das Fach?'

‚Ich', erklärte Peter.

‚Wieso du?', wollte Walter wissen.

‚Weil ich euer Anführer bin', erwiderte Peter zwar ruhig, aber die Luft im Raum wurde immer dicker und die Stimmung drohte umzuschlagen.

‚Mir gefällt das nicht', wiederholte Harry, während er, die unangezündete Zigarette im Mundwinkel, in seinen Taschen wühlte.

‚Ich finde, wir sollten uns mit dem Schüssel abwechseln', meinte Walter, lehnte sich in seinem Stuhl zurück und verschränkte die Arme vor der Brust.

‚Traut ihr mir etwa nicht?', fragte Peter und blickte in die Runde.

‚Ich traue niemandem', versetzte der Dicke kurz..

Peter lehnte sich in seinem Stuhl zurück und sah uns der Reihe nach an.

‚Will noch jemand etwas dazu sagen?' fragte er.

‚Ich vertraue dir', sagtest du, Florian.

‚Ich auch', erklärte ich. Worauf du mich erstaunt ansahst.

‚Walters Idee, sich mit dem Schlüssel abzuwechseln, finde ich eigentlich gar nicht so schlecht', meldete sich Harry zu Wort.

‚Zwei Stimmen dafür, zwei dagegen', stellte Peter fest. ‚Meine gibt den Ausschlag.'

‚Lass uns den Schlüssel wenigstens mal sehen', forderte Walter, der seine Wut nur mühsam im Zaum halten konnte. ‚Dann wissen wir wenigstens, dass es dieses Schließfach überhaupt gibt.'

‚Du traust mir tatsächlich nicht', stellte Peter fest. Er wirkte richtig traurig darüber. ‚Na gut, wie du willst.' Er griff nach seinem Jackett, das über seiner Stuhllehne hing und langte in die Tasche. Irgendetwas stimmte nicht, denn jetzt wurde Peter nervös. Er riss an dem Jackett herum und durchsuchte die anderen Taschen. Dabei wurde sein Gesicht immer blasser. ‚Er ist weg', murmelte er schließlich.

‚WEG? WAS SOLL DAS HEIßEN, ER IST WEG?' Walter hatte plötzlich seine Pistole in der Hand. Er sprang so hastig auf, dass der Stuhl hinter ihm umkippte. ‚ICH GEBE DIR GENAU DREI SEKUNDEN, DANN LIEGT ENTWEDER DER SCHLÜSSEL ODER DAS GELD AUF DEM TISCH. HAST DU DAS VERSTANDEN?'

‚Ich ... ich verstehe das nicht', stotterte Peter.

‚WO IST DER VERDAMMTE ZASTER?' brüllte Walter. ‚DU DACHTEST WOHL, DU KÖNNTEST UNS ALLE VERARSCHEN, WAS?'

Du wolltest aufstehen, Florian, aber Walter sah deine Bewegung im Augenwinkel und schwenkte die Waffe in deine Richtung.

‚BLEIB GEFÄLLIGST AUF DEINEM ARSCH HOCKEN!'

Ausgerechnet jetzt, im bescheuertsten aller Momente, wurde Peter doch tatsächlich einmal wütend.

Er stand auf, stemmte seine Fäuste auf die Tischplatte und beugte sich nach vorn zu Walter.

‚ICH WILL HIER NIEMANDEN VERAR ...'

Weiter kam er nicht, denn Walter drückte ab. Es gab eine Riesensauerei. Walters Pistole war von großem Kaliber, und er hatte Peter mitten ins Gesicht getroffen. Wir waren wie vom Donner gerührt.

‚Bist du wahnsinnig?', hattest du gestottert, Florian. Du warst völlig fassungslos gewesen. ‚Was hast du getan?'

Walter schien absolut unbeeindruckt. ‚Ich will jetzt wissen, wo der verdammte Schlüssel ist', flüsterte er, und dieses Flüstern beunruhigte uns mehr als das ganze Gebrüll zuvor. ‚Habt ihr das endlich kapiert?'

‚Wir müssen sofort verschwinden', brachte Harry hervor. ‚Der Schuss und das Gebrüll sind sicher Kilometer weit zu hören gewesen. Davon sind bestimmt sogar die Junkies über uns aufgewacht. Wenn nun einer die Bullen gerufen hat, und die bereits auf dem Weg hierher sind ...'

‚IST MIR SCHEIßEGAL', gab Walter zur Antwort. ‚ICH WILL DEN VERDAMMTEN ZASTER! UND WENN ICH EUCH ALLE ABKNALLEN MUSS!'

‚Mensch, sei doch vernünftig', flehte Harry, der von uns noch den besten Draht zu Walter hatte. Wenn es einem gelingen konnte, Walter zu beruhigen, dann ihm. Harry legte seine Hand auf Walters Arm, um ihm die Waffe abzunehmen. Zu früh. Hätte er es doch nur langsamer angehen lassen. Wir beide waren zu weit weg und mussten hilflos zusehen, wie Walter reflexartig die Schusshand hob und abdrückte. Harry gab nur ein gurgelndes Geräusch von sich und rutschte am Tisch entlang auf den Boden. Jetzt gab es nur noch uns drei, und Walter ließ keinen Zweifel daran, wem es als nächsten an den Kragen gehen sollte. Es ist kein schönes Gefühl, in den Lauf einer Pistole zu blicken, die ein Kerl in den Händen hält, der einen ohnehin nicht leiden kann, und der nur wenige Augenblicke zuvor bereits zwei Menschen erschossen hat.

,Du hast den Schlüssel, nicht wahr?', zischte Walter. ,Los, gib es zu!'

Ich konnte keinen Ton herausbringen. Mein Mund war völlig trocken. Ein leichtes Kopfschütteln war alles, was ich zustande brachte.

,Lass doch den Jungen in Ruhe', sagtest du, Florian, und hattest dich schon halb vom Stuhl erhoben. Walter schien dich völlig zu ignorieren. Sein ganzer Hass konzentrierte sich in diesem Moment allein auf mich.

,Ich mach dich fertig, du Arsch', sagte er gefährlich leise. ,Du kannst dir nur noch aussuchen, ob es langsam oder schnell mit dir zu Ende geht. Gib mir den Schlüssel und du kriegst einen sauberen Schuss dahin, wo du es willst. Wenn nicht, such ich mir eine Stelle aus. Und glaub mir, das wird verdammt weh tun.'

Ich war immer noch unfähig, etwas zu sagen. Aus dem Augenwinkel konnte ich sehen, wie du dich langsam in Position brachtest. Walter schien immer noch keine Notiz von dir zu nehmen. Du schaffst es, dachte ich. In diesem Moment hatten wir tatsächlich noch eine Chance. Dann zersplitterte direkt hinter dir ein

Fenster. Offensichtlich hatten wir es geschafft, mit unserem Lärm sogar die Junkies obendrüber aus ihrem Drogenschlaf zu reißen. Walters Geballer musste ihnen so viel Schiss eingejagt haben, dass sie die Bullen alarmierten. Bevor eine Blendgranate ihre Wirkung entfaltete, konnte ich noch sehen, wie Walter herumwirbelte und den Rest seines Magazins in deine Richtung abfeuerte. Ich weiß nicht, ob er auf dich oder das Fenster hinter dir zielte. Jedenfalls waren deine Wunden tödlich. Ich war rechtzeitig unter den Tisch getaucht und so dem Kugelhagel entgangen, den die SEK-Leute auf Walter abfeuerten. Zugleich schützte mich die Tischplatte davor, geblendet zu werden. Walter blieb wie durch ein Wunder unverletzt. Und dieses Wunder hatte er dir zu verdanken. Denn du warst immer noch nicht zusammengebrochen, sondern aufrecht gegen den Tisch gestützt stehen geblieben. So hat dein Körper die Kugeln abgefangen, bevor sie ihn treffen konnten.

Männer in Kampfanzügen stürmten herein und brüllten Kommandos. Auf allen Vieren bewegte ich mich so schnell ich konnte weg vom Ort des Geschehens. Aus der Ferne bekam ich noch mit, wie Walter festgenommen wurde.

Niemand achtete auf mich. Ich war schon ein gutes Stück entfernt und der Rauch aus der Granate schützte mich vor Entdeckung. Ich war schmal und flink und kannte mich gut aus in dem Gebäude. Es gab da diesen Gully im Keller, von dem keiner wusste, was er dort unten sollte. Ich hatte den Deckel hochgehoben, bin hinein auf die sich darin befindliche Leiter geklettert, und habe über mir mit dem schweren Deckel die Öffnung verschlossen. Das war eine ganz schöne Anstrengung, kann ich dir sagen. Zum Glück war das Tohuwabohu der umherrufenden Einsatzleute so laut, dass niemand die Geräusche wahrnahm, die ich verursacht hatte.

Nachdem ich eine Weile in einem Versteck ausgeharrt hatte, bis der Großteil des Sondereinsatzkommandos wieder abgezogen war, schlich ich mich nach oben und verließ das Haus durch ein Fenster auf der rückwärtigen Seite, ohne dass der verbliebene Posten mich bemerkt hätte. Ich verschwand ins Freie, ehe die Spurensicherung anrückte und alles auf den Kopf stellte. Kaum zu glauben, dass das erst vier Tage her ist. Und ein wahrer Glücksfall, dass ich erfahren habe, wann deine Beisetzung stattfindet."

Mommsens Stimme wurde brüchig. Der schmächtige Ganove holte ein Taschentuch hervor und schnäuzte sich die Nase. Nachdem er damit fertig war, lauschte er eine Weile den Stimmen, die vom nahe gelegenen Freibad zum Friedhof herüber drangen. Schließlich widmete sich Mommsen wieder seinem verstorbenen Kumpan.

„Es bedeutet mir wirklich viel, dass ich mich hier von dir noch persönlich verabschieden kann. Denn ich habe dir jetzt etwas zu sagen. Und das fällt mir wirklich verdammt schwer."

Mommsen musste erneut inne halten und Luft holen. Er räusperte sich, um die Kehle frei zu bekommen.

„Du hast immer mit allem Recht gehabt, Florian. Als ob du geahnt hättest, wie es mit uns ausgeht, hast du immer gesagt, dass diejenigen am heilsten aus dem Unglück kommen, die es selbst angerichtet haben. Und du wusstest auch, dass ich meinen Hut mehr liebe als alles andere auf der Welt, mehr als meine besten Freunde. Aber mir hast du immer vertraut, und ich frage mich, wie du dich so täuschen konntest."

Als hoffte er, eine Antwort von dort zu erfahren, starrte Mommsen auf das Innenfutter seiner Melone. Dort befand sich, mit einem Stück Klebeband befestigt, der Schlüssel.

Le Meur und der Galerist

Kommissar Auguste Le Meur betrachtete zum x-ten Mal die Fotos auf seinem Schreibtisch. Es war beileibe kein schöner Anblick. Das Gesicht Anna Krombachs glich nurmehr einer undefinierbaren Masse. Ihre Leiche hatte von Feuerwehrleuten aus dem Autowrack herausgeschnitten werden müssen. Teile des zersplitterten Lenkrads waren in ihren Körper eingedrungen und hatten Hals, Herz und Lunge durchbohrt. Keine Bremse hatte die Wucht des Aufpralls gemindert, denn der Wagen war manipuliert worden. Das zumindest vermutete Le Meur. Er konnte es nur nicht beweisen. Das Wrack hatte für die kriminaltechnische Untersuchung nicht mehr genug hergegeben. Die offizielle Version lautete daher bislang so: Anna Krombach, Ehefrau des Galeristen Martin Krombach, war mit ihrem Wagen auf der A 60 Richtung Bingen unterwegs gewesen, wo sich die Ausstellungsräume der Wiesbadener Galeriebetreiber befanden. Aus bisher ungeklärter Ursache hatten die Bremsen versagt. In den auf ihre Spur einscherenden LKW war Frau Krombach mit unverminderter Geschwindigkeit hineingerast.

Kein schöner Anblick. Le Meur steckte die Fotos in das braune Kuvert zurück. Der Kommissar war felsenfest davon überzeugt, dass der Galerist die Verantwortung für den Tod seiner Frau trug. Bestimmt war es Intuition, die Le Meur so unerschütterlich an diese Möglichkeit glauben ließ. Das und der Umstand, dass Martin Krombach als einziger vom Tod Anna Krombachs profitierte. Denn Martin Krombach mochte zwar über den nötigen Kunstverstand verfügen, um die Galerie zu leiten, aber das Kapital war von Anna Krombach beigesteuert worden. Sie hinterließ ihrem Mann ein ansehnliches Vermögen inklusive einer zu seinen Gunsten abgeschlossenen Lebensversicherung.

Dieser Fall ließ Le Meur einfach nicht mehr los. Es war zum Verzweifeln. Aus Frustration über die Erfolglosigkeit seiner Anstrengungen hatte er die Tastaturbelegungen sämtlicher Computer in seiner Abteilung auf französisch umgestellt, was ihm prompt eine Rüge von seinem deutschen Dienstherrn einbrachte, gefolgt von einer heftig geführten Diskussion über die Rechtmäßigkeit der Besetzung des linken Rheinufers durch französische Truppen während des Pfälzer Erbfolgekrieges.

Le Meur würde es nicht ertragen, wenn der Mörder unbehelligt davon kam. Aber was sollte er tun? Er hätte dem Galeristen gern die Unfallfotos gezeigt, durfte ihn aber nicht zwingen, sich die Bilder anzusehen. Martin Krombach galt als äußerst empfindsamer Ästhet. In seinen Ausstellungsräumen duldete er niemals Bilder mit Gewaltdarstellungen. Als Krombach die Nachricht vom Tod seiner Frau überbracht worden war, hatte er einen Nervenzusammenbruch erlitten. Oder vorgetäuscht?, fragte sich Le Meur. Bereits wenige Stunden später hatte ein Anwalt, nicht etwa ein Arzt, die ermittelnden Beamten eindringlich davor gewarnt, Druck auf Krombach auszuüben.

„Unterstehen Sie sich vor allem", hatte der Anwalt gesagt, „meinen Mandanten zu zwingen, irgendwelche Fotos von der Leiche seiner Gattin anzusehen. Seine Gesundheit könnte Schaden nehmen."

Der Franzose hätte den Galeristen trotzdem gerne ins Verhör genommen, aber da gab es noch ein anderes Hindernis. Als Le Meur einmal seine Verwunderung über die Zurückhaltung seiner deutschen Kollegen gegenüber dem Verdächtigen geäußert hatte, war ihm von einem Inspektor gesagt worden: „Da kannst du nichts machen, Auguste. Krombach pflegt eine enge Freundschaft zu jemandem, der wiederum gut mit dem Innenminister befreundet ist. Nein, nein, da wird sich keiner in die Nesseln setzen."

Zeit für den Feierabend, Zeit, das freie Wochenende zu genießen. Le Meur zog einen leichten Pullover über und verließ das Polizeirevier. Er steuerte ein in Richtung Nahetal gelegenes Lokal an, das zu seiner Freude einen Mittagstisch mit regionalen Gerichten anbot. Der Franzose liebte diese Küche über alles. Das war für ihn einer der Gründe gewesen sich zu melden, als im Rahmen eines Austauschprogramms Freiwillige für ein Dienstjahr in Deutschland gesucht wurden. Schon in jungen Jahren hatte Le Meur damit begonnen, sich die deutsche Sprache anzueignen und später in der Schule alle Kursangebote wahrgenommen, die

Gelegenheit boten, diese Kenntnisse zu verbessern. Heute brauchte er etwas Herzhaftes. Le Meur entschied sich für sein Lieblingsessen, Wildblutwurst, auf Apfelscheiben gebraten und als Beilage Rote Bete-Salat. Da er mit dem Auto unterwegs war, entschied sich Le Meur gegen den üblicherweise zu diesem Gericht servierten Riesling und begnügte sich mit einem Mineralwasser.

Aber heute wollte es ihm nicht so recht schmecken. Immer wieder wanderten seine Gedanken zu dem braunen Umschlag mit den Fotos der Toten. Nicht gerade Appetit anregend. Le Meur strich sich über seinen riesigen schwarzen Schnurrbart, um die Bilder aus seinem Kopf zu vertreiben. Dabei starrte er wie zufällig auf sein Essen, das inzwischen kalt geworden war und aufgrund seines ziellosen Herumgestocheres darin nur noch einer undefinierbaren Masse glich. Kein schöner Anblick, aber Le Meur liebte dieses Gericht trotzdem. Er konnte überhaupt nicht verstehen, warum es Leute gab, die bei dessen bloßer Erwähnung grün im Gesicht wurden. Manche Vegetarier zum Beispiel.

„Genau", murmelte Le Meur. „Richtig schlecht könnte Manchem davon werden."

Der Franzose ließ die Gabel sinken und überlegte. Was war eigentlich gerade passiert? Er hatte wie zufällig auf seinen Teller geschaut und dann ... Der Kommissar griff nach seinem Handy, einem Modell mit hochauflösender Kamera und hatte es plötzlich sehr eilig, das Lokal zu verlassen. Hastig aß er seinen Teller leer. Soviel Zeit musste wiederum sein. Wildblutwurst war schließlich sein Leibgericht, und das würde Le Meur niemals stehen lassen.

Nach einem kurzen Halt bei einem auch spät am Abend noch geöffneten Laden, der T-Shirts bedruckte, traf der Kommissar in seinem Büro ein paar seltsame Vorbereitungen. Er überzeugte sich unter anderem davon, dass die Spindtür noch immer bei der kleinsten Erschütterung aufsprang. Anschließend schlug er einige Male mit der Faust auf die Schreibtischplatte. Dabei kippte jedes Mal das Familienfoto auf dem gegenüberliegenden Schreibtisch seines Kollegen um. Le Meur wusste, dass der Kollege die kommende Woche auf einer Fortbildung war. Er hatte das Büro dann ganz für sich allein. Er nickte grimmig, aber zufrieden und griff nach dem Umschlag mit den Unfallfotos. Was er vorhatte, konnte ihn um Kopf und Kragen bringen. Und wenn schon. Krombach, dessen Anwalt, der Freund des Innenministers und der Innenminister höchstpersönlich, sie konnten Auguste Le Meur alle mal gerne haben.

„Nochmal zu Ihnen auf das Revier, aber wieso denn?"

Martin Krombach war reichlich ungehalten darüber, gleich zu Wochenbeginn erneut vorgeladen zu werden, aber Le Meur zeigte sich davon unbeeindruckt. Er bedauere durchaus die Umstände, aber leider, leider, müsse er darauf bestehen, dass Krombach mitkomme und zwar sofort. Widerwillig lenkte der

Galerist ein, nachdem auch seine Drohung, den Innenminister zu informieren, an Le Meur abgeprallt war.

Le Meur setzte sich an seinen Schreibtisch und forderte Krombach auf, ihm gegenüber Platz zu nehmen.

Als der Galerist erneut ansetzte: „Wenn ich meinem Freund, der den Innenminister gut kennt, davon erzähle ...", reichte es Le Meur. Der Kommissar schlug mit der Faust auf den Tisch. Das Bild auf dem Schreibtisch seines Kollegen fiel um und gab den Blick auf das dahinter stehende Foto frei. Kein schöner Anblick, diese Großaufnahme von Anna Krombachs Leiche. Der Galerist wurde blass und schnappte nach Luft. Schnell drehte er seinen Kopf zur Seite und schaute in eine andere Richtung, dorthin, wo der Spind stand. Le Meur packte einen Locher und pfefferte ihn gegen den Spind. Dessen Tür sprang auf und auf der Innenseite war deutlich ein weiteres Foto von der Leiche der Galeristenfrau zu sehen. Martin Krombach ächzte und steckte seine Faust in den Mund. Le Meur stand auf und zog den Pullover aus. Darunter kam ein bedrucktes T-Shirt zum Vorschein, Motiv: Wildblutwurst, zermatscht mit Apfelscheiben und Rote Bete-Salat. Der Galerist starrte fassungslos auf Le Meurs Brust und würgte. Der Kommissar trat beiseite und gab den Blick auf die Rückenlehne seines Stuhls frei. Dort klebte ein weiteres Foto der Leiche. Man sah deutlich den aufgeschlitzten Hals und den Blutfaden, der an der Stelle, wo sich vermutlich das Kinn befunden hatte, hinunter lief. Der Galerist wimmerte und schlug die Hände vor sein Gesicht. Dann brach er zusammen.

„Das habe ich nicht gewollt", stammelte Martin Krombach und schluchzte. „Bitte glauben Sie mir, ich wollte einen sauberen Tod, ohne Blut und all das Zeug drumherum."

Eine gute Stunde später war Martin Krombachs Geständnis protokolliert und unterschrieben. Der Mörder selbst befand sich bereits in Gewahrsam. Auguste Le Meur war sehr zufrieden mit sich und daher äußerst milde gestimmt. Dieser Milde wollte Le Meur heute Abend durch die Auswahl einer entsprechenden Mahlzeit Ausdruck geben. Dampfnudeln in Vanillesauce.

Da gab es selbst für einen Vegetarier nichts zu meckern.

Gonzo liebt Kuchen

Er ist zu alt. Es war ein Fehler, ihm diesen Auftrag zu geben. Der Auftragsmörder Jan Marvin Vanderbilt verscheuchte die Zweifel aus seinem grauhaarigen Kopf und konzentrierte sich wieder auf den Job. Er war vor kurzem dreiundfünfzig geworden. Noch etwas zu früh für die Rente. Aber alt genug, um sich mehr als einmal pro Jahr einen Urlaub zu gönnen. Also war Vanderbilt kurz entschlossen nach Sardinien geflogen. Er liebte das Meer und obwohl der Herbst hier bereits angekommen war, genoss er die Spaziergänge entlang der Küste.

Doch nach zwei Tagen war es bereits mit der Entspannung vorbei. Abends hatte der Portier des Hotels Vanderbilt auf einen Gast hingewiesen, der in der Lobby auf ihn wartete. Nach einer kurzen Unterredung hatte der Berufskiller wieder einen Job.

Dieser Auftrag, für den der Dreiundfünfzigjährige nach Meinung einiger, die ihn kannten (und fürchteten), zu alt sein sollte, war die Eliminierung des Kronzeugen im bevorstehenden Prozess gegen hochrangige Mitglieder der „ehrenwerten" Familie.

Gonzo Milanes, gebürtiger Sarde und von Freund und Feind wegen seiner Vorliebe für süßes Backwerk Gonzo-liebt-Kuchen genannt, hatte mit dem Staatsanwalt einen Deal ausgehandelt, der ihm eine milde

Strafe und die anschließende Unterbringung in einem Zeugenschutzprogramm verschaffen sollte. Die Haft würde er natürlich in einer mit allem Komfort ausgestatteten Einzelzelle und separatem Hofgang verbringen. Von 'gehen' konnte allerdings kaum noch die Rede sein. Gonzo Milanes verbrachte die meiste Zeit seiner ihm verbleibenden Tage im Rollstuhl. Zwar war er noch in der Lage aufzustehen und sich unter Zuhilfenahme von Krücken oder eines Rollators einige Meter zu Fuß fortzubewegen, aber das bereitete ihm nicht zuletzt wegen seiner offenen Stellen an beiden Beinen erhebliche Mühe und Beschwerden.

Gonzo-liebt-Kuchen litt unter fortgeschrittenem Diabetes. Sein Stoffwechsel war gehörig durcheinander geraten und die gelbliche Gesichtsfarbe deutete darauf hin, dass bei ihm nicht nur die Bauchspeicheldrüse ihren Dienst zunehmend versagte. Gerüchten zufolge würde er kaum lange genug überleben, um überhaupt in den Genuss des Zeugenschutzprogramms zu kommen. Gonzo war dem Tod geweiht und das war ihm schon von weitem anzusehen. Wäre der Prozess nicht bereits für den Anfang des kommenden Monats vorgesehen, hätten die Angeklagten, beziehungsweise deren Angehörige, sich die Mühe sparen können, Vanderbilt anzuheuern.

Gonzo galt zur Zeit als eine der bestbewachten Personen auf diesem Planeten. So wie die Dinge bislang standen, sah Vanderbilt keine Möglichkeit, an ihn heranzukommen. Vielleicht, dachte er, haben sie ja alle recht, die sagen, dass meine Zeit vorbei ist.

Ein einziges Mal war es dem Killer gelungen, Gonzo-liebt-Kuchen zu fotografieren. Das war kurz vor Gonzos Einzug in das sichere Haus gewesen. Eine Aktion, die ihm beinahe zum Verhängnis geworden wäre, denn er war von Gonzos Bodyguards entdeckt worden und nur um Haaresbreite entkommen. Vanderbilt hatte sich an diesem Tag nur ein Bild von der Umgebung machen wollen und keine Waffe dabei gehabt. Ein Umstand, den er im Nachhinein ebenso bedauerte wie begrüßte. Hätte er seine Glock 17 einstecken gehabt, wäre Gonzo jetzt tot. Aber er selbst wohl auch. Der Kronzeuge war seither nicht mehr vor die Tür gegangen. Inzwischen war er auch woanders untergebracht worden. Vanderbilt wusste zwar sehr genau, innerhalb welcher vier Wände sich Gonzo aktuell aufhielt. Aber er hätte genauso gut auf dem Mond sein können. Die Unerreichbarkeit blieb in etwa die gleiche.

Gonzo residierte jetzt in der Königssuite eines Luxushotels in der Inselhauptstadt Cagliari. Kosten für den Steuerzahler: 15.000 Euro pro Tag, zuzüglich Extras. Typisch Gonzo. Sein Egoismus und seine Gier kannten keine Grenzen.

Vanderbilt betrachtete das hochauflösende Foto und studierte jede Einzelheit. Gonzo-liebt-Kuchen stand vor dem Schaufenster einer Konditorei in der Altstadt und starrte in die Auslage. Er klammerte sich an die Griffe seines Rollators und hatte den Oberkörper weit nach vorne gebeugt. Die Aufnahme war wirklich hervorragend. Vanderbilt konnte deutlich erkennen, dass sich in Gonzos Mundwinkeln kleine Bläschen gebildet hatten. Sogar der Text des Aushangs im Schaufenster war lesbar. Es war ein Stellengesuch für eine Hilfskraft. Außer diesem Foto verfügte Vanderbilt über die Information, dass sich Gonzo-liebt-Kuchen täglich eine ganze Torte von dieser Konditorei kommen ließ, aber immer nur ein Stück davon aß. Es war Vanderbilt gelungen, ein Gespräch zweier für das Hotel arbeitende Servicekräfte, einer Deutschen und einem Österreicher, die mitten auf der Straße ihre Zigarettenpause machten, zu belauschen. Sie hatten sich darüber gewundert, dass Gonzo nicht mit den leckeren Torten aus dem Hotel zufrieden war. Vanderbilt vermutete, dass Gonzo eine starke emotionale Bindung zu der kleinen Konditorei hatte. Möglicherweise irgendwas aus seiner Kindheit oder Jugendzeit. Der Geschmack von Heimat und glücklichen Erinnerungen ließ sich eben nicht so einfach ersetzen.

Die Bodyguards machten ihren Job gut und schirmten Gonzo sorgfältig ab. Einer von ihnen fungierte als Vorkoster und probierte alle Speisen, ehe sie dem Kronzeugen vorgesetzt wurden. An die Hotelangestellten waren Sicherheitsausweise ausgegeben worden, die sie den Spezialbeamten jedesmal vorzeigen mussten, wenn sie das Gebäude betreten wollten. Den Hotelgästen war überdies der Zugang zu dem Flügel, in dem sich Gonzos Suite befand, versperrt.

Vanderbilts eigens für diesen Auftrag angeschafftes Handy summte. Portollo, sein Auftraggeber, der einzige, der diese Telefonnummer kannte, war am Apparat.

„Was haben Sie für mich?", kam Portollo gleich zur Sache.

„Ich komme voran", lautete Vanderbilts vage Antwort.

Der Mafioso gab sich keine Mühe, seine Ungeduld zu verbergen.

„Wahrscheinlich sind Sie nicht motiviert genug und brauchen einen zusätzlichen Ansporn. Sie hängen doch an Ihrer Freundin, nicht wahr?"

„Was ist mit Sandra?" Vanderbilt verstärkte den Griff um das Handy.

„Keine Sorge, es geht ihr gut. Und wir wollen beide, dass es so bleibt. Nicht wahr? Ihre Freundin sitzt brav zuhause und hat keine Ahnung, was ihr blüht, wenn Sie versagen, Vanderbilt. Di Angelo, manche nennen ihn auch den Todesengel, wird gleich bei Ihnen sein. Er ist ab sofort ihr Kontaktmann. Wenn er den Eindruck gewinnen sollte, dass Sie Ihren Teil unserer Vereinbarung nicht erfüllen, wird er sich um Ihre Freundin kümmern."

Portollo hatte aufgelegt. Vanderbilt starrte auf sein Handy, während ihm tausend Gedanken durch den Kopf schossen. Sandra war ihm weit mehr als eine Geliebte. Sie war der einzige Mensch, dem er vertrauen und auch verzeihen konnte. Eine wahre Lebensgefährtin, die ihm sogar hin und wieder einen Rat geben durfte. Und so hatte er auf Sandra gehört, als sie ihm vorgeschlagen hatte, diesmal allein in Urlaub zu fahren.

„Du brauchst Abstand", hatte sie gesagt. „Von allem hier. Auch von mir."

Das darin mitschwingende: „Und ich auch von Dir" hatte Vanderbilt sehr wohl verstanden. Ihre Beziehung gestaltete sich nicht gerade einfach, was, wie er insgeheim zugeben musste, meist auf sein Konto ging.

Vanderbilt schleuderte das Handy gegen die Wand, wo es zerschellte und in seine Einzelteile zerlegt zu Boden fiel. Kurz darauf klopfte jemand an seine Zimmertür.

Ohne eine Aufforderung abzuwarten, betrat Di Angelo das Zimmer. Der Kerl war riesig und verfügte über einen durchtrainierten Körper. Zweifellos verbrachte er mehrmals die Woche mindestens eine Stunde im Fitnessstudio.

„Bist du Sandra Webers Lover?", fragte er und strich sich eine Strähne seines pechschwarzen Haares aus der Stirn. Vanderbilt ballte die Faust in der Tasche.

„Lass sie aus dem Spiel, wenn dir dein Leben lieb ist."

Di Angelo zeigte seine falschen Zähne und zog eine Grimasse. „Bleib cool, alter Mann. Deiner Freundin wird kein Haar gekrümmt, solange du deinen Job machst. Aber wenn nicht, wird es mir eine Freude sein, mich persönlich um sie zu kümmern." Die letzten Worte unterstrich der Hüne mit einer obszönen Geste. Vanderbilt zwang sich zur Ruhe. Es gelang ihm, über den Punkt hinauszukommen, wo man ihn provozieren konnte. Jetzt spürte er nur noch eine Eiseskälte in sich. Er richtete seine Augen auf Di Angelo, der unwillkürlich einen Schritt zurückwich.

„Es ist ja nichts Persönliches." Der Riese vermied es, Vanderbilt anzusehen. „Portollo will aber, dass ich dir auf die Finger sehe. Und wenn du Gonzo nicht erledigen kannst, ist das dein Problem."

Vanderbilt antwortete nicht und verharrte zunächst in seinem kalten Zustand.

„Ich könnte deine Hilfe brauchen", sagte er schließlich.

„So, wobei denn?"

„Die Konditorei zwei Straßen weiter sucht eine Hilfskraft. Lass dich anstellen."

„Wozu?"

„Sie liefert jeden Tag eine Torte an Gonzo. Du könntest sie mit Gift präparieren."

„Kannst du knicken." Di Angelo machte eine wegwerfende Handbewegung. „Portollo hat nicht gesagt, dass ich für dich die Kastanien aus dem Feuer holen soll. Ich werde mich schön im Hintergrund halten."

Vanderbilt runzelte die Stirn.

„Na schön, aber ich bin fremd in der Stadt. Noch dazu ein Ausländer. Vielleicht hast du ja eine Visitenkarte, die ich dem Konditor vorlegen kann, damit ich den Job auch wirklich bekomme. Er würde es sich doch nicht mit der Familie verderben wollen, oder?"

Di Angelo zögerte, dann holte er eine Visitenkarte hervor und reichte sie Vanderbilt.

„Aber nur für die Konditorei, verstanden?"

Die Chancen standen eins zu elf. Gonzo würde lediglich eins der Tortenstücke essen. Ein weiteres würde vom Leibwächter vorgekostet werden. Die Kunst war, Gonzo dazu zu bringen, nach dem vergifteten Stück zu greifen. Und alle anderen von genau diesem Stück fernzuhalten.

***

„Der Verräter ist tatsächlich tot." Di Angelo konnte nicht umhin, Vanderbilt Respekt zu zollen. „Wie konntest du sicher sein, dass Gonzo genau dieses vergiftete Tortenstück nehmen würde?"

„War gar nicht so schwer", erwiderte Vanderbilt leichthin. „Typen wie er sind ihr ganzes Leben lang Alphatiere. Sie sind es gewohnt, immer das größte Stück vom Kuchen für sich selbst zu beanspruchen. Außerdem entwickeln Diabeteskranke mitunter eine regelrechte Gier nach allen Süßwaren. Ich brauchte also nur das vergiftete Stück der Torte ein wenig größer als die anderen zu schneiden. Ich wusste, dass Gonzo seinen Vorkoster dieses Stück niemals würde probieren lassen."

„Wow", meinte Di Angelo. „Ich glaube, dich sollte man besser nicht zum Feind haben. Du bist doch wegen der Sache mit deiner Freundin nicht mehr sauer auf mich, oder?"

„Ach, woher." Vanderbilt schulterte seine Reisetasche und verstaute die Kopfgeldprämie in der Innentasche seines Sakkos. Er war froh, dass alles vorüber war und wollte die Insel nur noch so schnell wie möglich verlassen. Das Geld würde problemlos für einen weiteren Urlaub reichen. Diesmal sollte Sandra unbedingt dabei sein.

Während er an Di Angelo vorbeiging, dachte Vanderbilt daran, dass sich die Visitenkarte des Hünen in einem Paket befand, dessen Inhalt, eine Torte, gerade per Kurier zu Portollo unterwegs war. Eines der Tortenstücke war ein wenig größer als die anderen.

Einmal für sie da sein

Die Stadtverwaltung muss sparen, darum werden die Laternen in dieser Straße um Mitternacht ausgeschaltet. Dunkelheit umgibt mich auf meinem Nachhauseweg, aber im ersten Stock des gegenüberliegenden Gebäudes brennt noch Licht. Hinter dem erleuchteten Fenster erkenne ich die Silhouette des Menschen, den ich über alles liebe, den Schatten derjenigen, die mich mehr als jeden anderen auf der Welt hasst. Lea hat allen Grund dazu. Ich habe sie ihr Leben lang im Stich gelassen und enttäuscht.

Ihre Mutter und ich haben sie auf die Welt gebracht, mehr nicht. Wir waren beide heroinabhängig gewesen und unfähig, uns um sie zu kümmern. Lea ist bei Pflegeeltern aufgewachsen. Ihre leibliche Mutter starb vor rund fünfzehn Jahren, während ich die meiste Zeit meines Lebens im Gefängnis verbracht habe.

Heute bin ich nach Jahren der Abwesenheit wieder aufgetaucht und habe mich Lea als ihr leiblicher Vater zu erkennen gegeben. Das war offensichtlich zu viel für sie gewesen. Sie war von ihrem Platz aufgestanden und hatte unseren Treffpunkt, ein kleines italienisches Restaurant in der Innenstadt, fluchtartig verlassen.

Ich weiß nicht genau, was ich mir dabei gedacht habe, sie darum zu bitten, mich einige Zeit bei ihr wohnen zu lassen. Dieser Einfall war wohl eine Geburt meiner Verzweiflung gewesen. Als frisch entlassener Häftling erscheint mir die Welt nach jahrelangem Gefängnisaufenthalt kompliziert und bedrohlich. Zudem sind meine finanziellen Mittel begrenzt und eine weitere Nacht in einer Pension kann ich mir nicht mehr leisten.

Dass Lea sich überhaupt auf ein Treffen mit mir eingelassen hat, grenzt an ein Wunder. Ihre Adresse habe ich von meinem Anwalt bekommen. Ich hatte einiges an Überredungskunst aufbringen müssen, ihn dazu zu bringen.Vorgestern arrangierte ich eine zufällige Begegnung vor Leas Wohnung. Sie war zunächst misstrauisch, wurde aber neugierig, als sie spürte, dass ich echtes Interesse für sie hegte und dabei harmlos erschien. Als sie einwilligte, mit mir essen zu gehen, war ich nach langer Zeit das erste Mal wieder glücklich.

Inzwischen sind einige Stunden seit unserem Restaurantbesuch vergangen. Lea scheint immer noch keine Ruhe zu finden. Hektisch läuft sie in ihrem Zimmer auf und ab. Ich frage mich, ob ich noch einmal versuchen soll, mit ihr zu reden.

„Ich will dich nie mehr sehen!", waren ihre letzten Worte an mich gewesen. Demnach besteht kein Grund für mich, mich ihr aufzudrängen. Aber zu sehen, wie aufgewühlt sie ist und wie sehr ihr unser Treffen zu schaffen gemacht hat, will mir schier das Herz zerreißen. Also betrete ich das Mietshaus, nachdem ich mir mit einem Dietrich Zugang verschafft habe, und steige die Stufen zu Leas Wohnung hinauf. Auf mein Klingeln reagiert sie nicht. Ich klopfe an die Tür und rufe ihren Namen. Nicht zu laut, um die Nachbarn nicht aufzubringen, aber laut genug, dass Lea mich hören müsste. Trotzdem bleibt es still. Ich müsste respektieren, dass meine Tochter mit mir abgeschlossen hat, handele aber vollkommen gegensätzlich. Noch einmal zücke ich den Dietrich und verschaffe mir damit Zutritt zu Leas Wohnung. Was ich sehe, macht mir deutlich, dass meine Tochter mich heute mehr braucht als jemals zuvor. Als ich so unvermittelt vor ihr auftauche, stößt Lea einen spitzen Schrei aus.

„Sei still!", herrsche ich sie an, schärfer als beabsichtigt. Am liebsten würde ich ihr den Mund zuhalten, um einen weiteren Schrei zu unterdrücken, aber obwohl die Diele recht eng ist, kann ich Lea nicht erreichen. Das liegt an der Leiche, die zwischen uns liegt. Eine böse Überraschung, die ich nicht habe kommen sehen.

„Um Himmels willen! Was ist passiert?", frage ich. Lea sieht mich aus kugelrunden Augen an.

„Ich habe ihn umgebracht", sagt sie und holt ihre Hand hinter dem Rücken hervor. Darin hält sie eine Pistole.

„Woher hast du die denn?", frage ich.

„Kennst du nicht", versetzt sie knapp. „Ist auch egal. Die Bullen werden bestimmt bald hier sein."

Ich betrachte die Waffe und registriere, dass sie einen Schalldämpfer hat. Der Schuss dürfte also niemanden aufgeschreckt haben. Allerdings weiß ich nicht, welchen Lärm Lea beziehungsweise ihr Opfer zuvor verursacht haben.

„Bist du jetzt in der Lage mir zu erzählen, was sich hier abgespielt hat?", versuche ich erneut, mir einen Überblick über die Situation zu verschaffen. „Wer ist denn der Tote?"

„Mein Vater", erklärt sie ungerührt. Eine Antwort, die mir einen ungeheuer tiefen Stich versetzt.

„Aber, wieso ... ?" Mehr bringe ich nicht heraus.

„Der Dreckskerl hat mich über all die Jahre hinweg missbraucht", erklärt sie.

Ich brauche einige Zeit, um diese Nachricht zu verdauen. Die Erkenntnis, dass ich meine eigene Tochter über Jahre hinweg einem üblen Triebtäter ausgeliefert habe, trifft mich so unvorbereitet, dass mir schwarz vor Augen wird. Leas Blick fängt mich ein und ihre starren Augen bohren sich in die meinen.

„Willst du wissen, wie er sein widerliches Verhalten mir gegenüber gerechtfertigt hat?", fährt sie fort. „Mit der Begründung, er sei mein Vater und habe jedes Recht dazu!"

Ich stehe da wie versteinert und höre mir den Rest ihrer Geschichte an. Lea hat ihren Ziehvater per SMS in ihre Wohnung gelockt, mit der Waffe in der Hand auf ihn gewartet und ihn kaltblütig erschossen. Ich bin kein Jurist, sehe aber wenig Spielraum für mildernde Umstände. Die Art, wie Lea den Dreckskerl angelockt und anschließend umgebracht hat, spricht für Vorsatz und Heimtücke. So wird es zumindest der Staatsanwalt sehen.

Ich überlege, die SMS vom Handy des Mannes zu löschen und durchsuche seine Taschen. Leider ohne Erfolg. Keine Zeit, in seine Wohnung zu gehen und das Telefon verschwinden zu lassen. Einem von Leas Nachbarn ist wohl doch etwas aufgefallen und er hat die Polizei alarmiert. Flackerndes Blaulicht dringt durch das Fenster zu uns herein. Lea und mir bleibt nicht mehr lange, einen Ausweg aus diesem Schlamassel zu finden.

Ich zögere nicht, eine Entscheidung zu treffen und reiße meiner überraschten Tochter die Pistole aus der Hand. Keinen Moment zu früh. Uniformierte Polizeibeamte erscheinen auf der Türschwelle und erfassen die Situation mit einem Blick. Eine Sekunde später sind zwei Pistolenläufe auf mich gerichtet. Ich folge ihrer Aufforderung, die Waffe auf den Boden zu legen und lasse mich widerstandslos festnehmen.

Als Lea beginnt, ihren Schock zu überwinden und den Mund öffnet, bedeute ich ihr mit einem Blick zu schweigen. Wenigstens einmal möchte ich mich in dem Gefühl sonnen können, meiner Tochter in ihrem Leben beigestanden zu haben. Wir schauen einander in die Augen – und sie versteht.

Quälgeister

Sportlehrer Helge Sassenroth schickte ein Stoßgebet zum Himmel. Hoffentlich lag diese Unterrichtsstunde bald hinter ihm. Die 9A war das Sammelbecken aller Chaoten der hiesigen Realschule plus. Lauter Verlierer, wie Sassenroth insgeheim dachte, die gut daran tun würden, sich gründlich mit den Formalitäten eines Hartz IV Antrags zu befassen. Er sah die Schüler der Reihe nach an und seufzte erleichtert. Gottlob nur die Jungs. Von den elf Mädchen der Klasse waren sieben erst gar nicht erschienen. Zwei weiteren war angeblich schlecht geworden und die beiden letzten klagten über Menstruationsbeschwerden. Eine davon bereits zum dritten Mal in diesem Monat, wenn er sich recht erinnerte. Doch Sassenroth sah großzügig darüber hinweg. Er hatte schon genug mit den Jungs zu tun, die ihm auf der Nase herumtanzten. Ein Mädchen, Sofie Schulz, fehlte schon seit Wochenbeginn. Sie hatte Liebeskummer und zwar ausgerechnet wegen Engin Cengin, dem größten Rabauken der Klasse, der sie augenscheinlich nur benutzt und ihr dann die kalte Schulter gezeigt hatte.

„Engin, leg bitte den Basketball wieder hin. Wir spielen heute Handball."

Dotz-dotz.

„Engin ..."

Dotz.

„Engin, zum letzten Mal ...“

****

„Ich bringe diesen Kerl um!“, rief Sassenroth, während er versuchte, mit einer Hand ein Papiertaschentuch aus der Packung zu ziehen. Die andere hielt er unter seine Nase, um zu verhindern, dass Blut auf den tropfte.

„Jetzt beruhige dich mal, Helge“ Kollegin Schnellinger reichte ihm ein Blatt von der Küchenrolle, die neben der Kaffeemaschine stand. „Hier nimm, du tropfst ja alles voll.“

Vor fünf Minuten war Sassenroth wutentbrannt ins Lehrerzimmer gestürmt. Anstatt den Ball wieder zurückzubringen, hatte sein Schüler Engin ihn ihm mit voller Wucht mitten ins Gesicht geschleudert. Sehr zur Freude seiner Klassenkameraden, die sich vor Begeisterung kaum noch einkriegten. Damit hatte der Sportunterricht für heute sein frühzeitiges Ende gefunden.

„Beruhige dich, Helge“, wiederholte die Schnellinger. „Lass dich bloß zu nichts hinreißen. Du weißt genau, dass dein Verbleib hier auf der Kippe steht. Noch einen Übergriff kannst du dir nicht leisten. Dem Wieland geht der gute Ruf der Schule über alles.“

Sassenroth knurrte unverständlich vor sich hin. Sie hatte ja recht. Im Laufe des letzten Halbjahres war ihm schon einmal die Hand ausgerutscht. Nicht ohne Konsequenzen für ihn. Zwar konnten die Eltern des betroffenen Schülers dazu bewogen werden, auf eine Anzeige zu verzichten, aber die Vorfälle waren beim Aufsichtsdienst aktenkundig und Rektor Wieland, der wie nichts sonst auf den guten Ruf der Schule bedacht war, würde jede Gelegenheit nutzen, ihn loszuwerden. Die Chemie zwischen ihnen beiden stimmte einfach nicht.

„Was ist denn hier los?" Wie gerufen stand Wieland plötzlich mitten im Raum. Von den Anwesenden hatte ihn niemand hereinkommen gehört.

„Habe von Engin Cengin einen Ball ins Gesicht abgekriegt", nuschelte Sassenroth undeutlich durch das Papiertuch.

„Mit Absicht?" Rektor Wieland bemühte sich, der Frage mit hochgezogener Augenbraue mehr Gewicht zu verleihen.

„Ja", stieß Sassenroth hervor und hielt kurz darauf erschrocken inne. Wieso konnte er nicht den Mund halten? Er hatte sein Temperament einfach nicht im Griff. „Es geht schon wieder", beeilte er sich hinzuzufügen.

„Lassen Sie sich bloß zu nichts hinreißen", mahnte Wieland. „Ich werde mit Engin Cengin reden."

„Er müsste noch in der Halle sein", sagte Sassenroth. „Er hat am Nachmittag noch eine Sport AG und fährt über Mittag nicht nach Hause."

„Ich spreche ihn morgen", erklärte Wieland mit einem Blick auf die Uhr.

„Ich habe gleich noch einen Termin."

„Verstehe", erwiderte Sassenroth. Er wollte noch etwas hinzufügen, aber Kollegin Schnellinger bedeutete ihm hinter Wielands Rücken, besser zu schweigen.

Kurz nachdem der Rektor das Lehrerzimmer verlassen hatte, warf Sassenroth wütend das blutverschmierte Taschentuch in den Papierkorb und stürmte aus der Klasse. Petra Schnellinger schaute aus dem Fenster auf den Schulhof. Es dauerte nicht lange und sie erblickte ihren Kollegen Helge Sassenroth, der mit langen Schritten die Turnhalle ansteuerte. Wenn das mal gut geht, dachte sie und runzelte die Stirn. Dann hellte sich ihre Miene wieder auf. „Gott sei Dank", murmelte sie.

Der nächste Morgen vermeldete an der Koblenzer Bertold Brecht Schule ein um eine Lehrkraft dezimiertes Kollegium und einen Schüler der 9A als Tatverdächtigen für den Mord an Helge Sassenroth. Den Unschuldsbeteuerungen des sechzehnjährigen Engin Cengin wurde kein Glauben geschenkt. Nach den bisherigen Ermittlungen war Helge Sassenroth am Vortag gegen 14:30 Uhr in die Sporthalle gestürmt, wo Schüler Engin alleine Korbwürfe geübt hatte. Dort waren die beiden wohl erneut aneinander geraten und im Verlauf des zunächst verbal ausgetragenen Streits war es dann zu Handgreiflichkeiten gekommen. Irgendwann hatte Engin dann wohl zu einer 5-Kilo Han-

81

tel gegriffen und sie seinem Lehrer über den Schädel gezogen. Die blutverschmierte Hantel war in Engins Spind in der Umkleidekabine gefunden worden.

„Wir gehen davon aus, dass du das Tatwerkzeug in einem unbeobachteten Augenblick vom Schulgelände schmuggeln und irgendwo entsorgen wolltest", erklärte Arno Stecken, der ermittelnde Beamte.

„Bullshit", schrie Engin. „Ich habe keine Ahnung, wie die Hantel in meinen Spind gekommen ist. Da will mir jemand was anhängen!"

Stecken verdrehte die Augen. Der Kerl hatte eindeutig zu viele Krimis gesehen.

„Wer, denkst du, würde dich derart reinreiten wollen?"

Engin zuckte die Schultern. „Keine Ahnung. Eigentlich hatte mich nur der Sassenroth so richtig auf dem Kieker. Aber der kann es ja schlecht gewesen sein."

„Erzähl mir genau, was passiert ist."

„Ich habe trainiert und da kam der Sassenroth in die Halle. Seine Nase war noch ganz geschwollen und blutig. Da habe ich grinsen müssen und das hat ihn voll auf die Palme gebracht. Er brüllte wie ein Irrer und packte mich am Kragen. Da habe ich mich losgerissen und im Klo eingeschlossen. Ein paar Sekunden habe ich ihn noch toben gehört und dann war plötzlich alles ganz still. Als ich mich wieder raus getraut habe, lag er da."

„Hast du vorher irgendwas Ungewöhnliches gehört? Versuch dich genau zu erinnern."

„Da war die ganze Zeit ein Gehämmer und Gestoße, wie wenn jemand gegen die Wand tritt. Er hat ja auch versucht, die Kabinentür aufzubrechen und dagegen gehauen."

„Warst du vorher die ganze Zeit über allein in der Halle?"

„Ja ... das heißt, die Sofie Schulz war mal kurz da und wollte mit mir reden. Aber ich hatte keinen Bock."

„Warum wollte sie dich sprechen?"

„Wir waren mal kurz zusammen, aber ich habe letzte Woche mir ihr Schluss gemacht. Das hat sie wohl nicht verkraftet – ihr Problem."

„Das hast du ihr auch so gesagt?"

„Klar. Die nervte aber weiter. Hat das ganze Wochenende bei mir daheim angerufen und rumgeheult."

Auf Steckens Nachfrage erklärte Rektor Wieland, dass Sofie Schulz schon die ganze Woche über unentschuldigt fehlte. Er ließ sich die Adresse geben und wollte gerade das Schulgelände verlassen, als er einen Hilferuf hörte, ausgestoßen von einem Menschen, der sich in höchster Not befand. Stecken zog seine Dienstwaffe und eilte zurück zum Lehrerzimmer, von wo der Schrei hergekommen war.

****

Geständnis von Petra Schnellinger, geboren am 26.5. 1960 in Münster, Westfalen, wohnhaft in der Andernacher Straße 14, in Koblenz, Rheinland-Pfalz.

Ich, Petra Schnellinger, Lehrerin an der Bertold Brecht Schule in Koblenz, gestehe hiermit, Andreas Wieland, den Rektor der obigen Schule erpresst und in Notwehr mit einem Messer verletzt zu haben. Am Freitag, den 13. Dezember 2013 beobachtete ich gegen 13:30 Uhr aus dem Fenster des Lehrerzimmers der erwähnten Schule, wie Herr Wieland kurz nach meinem Kollegen Helge Sassenroth die Turnhalle betrat. Einem Impuls folgend, ging ich kurz darauf ebenfalls dorthin und kam gerade noch rechtzeitig, um Herrn Wieland dabei zu ertappen, wie er mit einer blutverschmierten Hantel Richtung Umkleidekabine ging. Er hatte mich nicht bemerkt und ich konnte die Halle unbeobachtet wieder verlassen. Als ich erfuhr, dass der Schüler Engin Cengin verhaftet worden war, weil die Hantel in seinem Spind gefunden worden war, konnte ich mir denken, wie sie dorthin gekommen war. Ich konfrontierte Rektor Wieland mit meiner Beobachtung und bot ihm an, gegen Zahlung eines Schweigegelds in Höhe von 10.000 Euro auf eine Aussage bei der Polizei zu verzichten. Er ging zum Schein auf meine Offerte ein, packte mich dann jedoch am Hals und versuchte mich zu erwürgen. In meiner Not griff ich zu einer herumliegenden Schere und stach ihm damit in den Oberschenkel. Durch das Eintreffen von Hauptkommissar Stecken wurde die Auseinandersetzung beendet.

Geständnis von Andreas Wieland, geboren am19. Juni 1958 in Wiesbaden, Hessen wohnhaft An der Ringmauer 10, in Koblenz, Rheinland-Pfalz.

Hiermit gestehe ich, Andreas Wieland, den Lehrer Helge Sassenroth getötet zu haben. Herr Sassenroth informierte mich am Freitag, den 13. Dezember 2013, darüber, dass er vom Schüler Engin Cengin tätlich angegriffen worden war. Herr Sassenroth war darüber sehr aufgebracht und ich befürchtete, er könne gegen Herrn Cengin übergriffig werden, was ich unter allen Umständen verhindern wollte, um den Ruf unserer Schule zu schützen. Schließlich war Sassenroth schon einmal aktenkundig geworden. Als ich die Turnhalle betrat, war der Streit zwischen den beiden bereits eskaliert. Schüler Cengin hatte sich in der Toilette eingeschlossen, und Sassenroth hämmerte außer sich vor Wut gegen die Tür. Ich weiß nicht mehr genau, wie es kam, aber ich hatte plötzlich eine Hantel in der Hand und noch ehe mir klar wurde, was ich da eigentlich tat, hatte ich Sassenroth damit auf den Kopf geschlagen. In meiner Panik dachte ich nur daran, mich der Hantel zu entledigen und versteckte sie im Spind von Engin Cengin. Einen für alle Spindschlösser der Turnhalle passenden Generalschlüssel trug ich bei mir. Zurück im Lehrerzimmer, suchte mich Karin Schnellinger auf und erpresste mich mit ihrer Beobachtung darüber, wie ich die Hantel in Engins Spind versteckt hatte. Ich gab ihr 200 Euro als Anzahlung für ihr Schweigen und versprach ihr, den Rest Anfang der kommenden Woche zu geben, nachdem ich auf der Bank gewesen war. Ich hatte nicht vor sie anzugreifen, aber als ich ihr selbstgefälliges Grinsen sah, war es um meine Selbstbeherrschung geschehen und ich stürzte mich auf sie. Frau Schnellinger griff nach einer Schere und verletzte mich damit am Bein. Kurz darauf traf Hauptkommissar Stecken ein und verhaftete uns beide.

Le Meur und die fehlende Leiche

Das Geheimnis liegt in der Sauce.

Kriminalhauptkommissar Auguste Le Meur zuckte zusammen. Scharf musterte er den Betreiber des Messestandes, der eine dickflüssige Pampe über eine Portion Currywurst verteilte. Sein Appetit war mit einem Schlag verflogen. Le Meur konnte sich sehr gut an den Film *Grüne Tomaten* erinnern und daran, was es mit dem Zitat: *Das Geheimnis liegt in der Sauce,* auf sich hatte. Dieser Satz gab Aufschluss über den perfekten Mord, den einige Frauen an einem Kotzbrocken von Mann verübt hatten. Dessen Leiche war es, die letztlich in der Grill-Sauce gelandet war und ihren speziellen Geschmack ausmachte.

Der Hauptkommissar hoffte, dass es sich bei seinem Essen nicht ebenso verhielt. Schließlich war sein Besuch auf der Erfurter inoga, der gastronomischen Fachmesse, die auch den Rahmen für die renommierte Olympiade der Köche bildete, dienstlich. Thorsten Graumann, einer der Starköche des deutschen Teams, war ermordet worden. Daran war nicht zu rütteln, auch wenn die Hauptverdächtigen steif und fest behaupteten, dass sich ihr Familienoberhaupt zu einer Spontanreise entschlossen hatte. Angesichts des Umstands, dass Graumann die große Hoffnung im Team der deutschen Olympiaköche war, schien diese Erklärung wenig wahrscheinlich. Dumm war nur, dass es bislang keine Leiche gab. Und wenn die nicht innerhalb der nächsten vier Stunden gefunden werden konnte, mussten Graumanns Frau Elisabeth und Kai, einer ihrer beiden Söhne, wieder auf freien Fuß gesetzt werden. Also suchten Le Meur und ein Dutzend weitere Polizeibeamte das Messegelände ab und hielten nach verdächtigen Personen Ausschau, die versuchen könnten, die Leiche endgültig zu beseitigen. Graumann war laut Aussage seiner Angehörigen ein rechtes Ekelpaket gewesen. Ein Haustyrann, wie er im Buche stand. So sehr ihn seine Kollegen schätzen, privat hatte er eine andere, hässliche Seite von sich nach außen gekehrt. Vergangene Nacht hatten Mitarbeiter des Wachdienstes Schreie gehört. Einer von ihnen war beherzt genug gewesen nachzusehen. Dabei hatte er den Toten entdeckt, ihn als den ihm aus zahlreichen TV-Kochshows bekannten Thorsten Graumann identifiziert und anschließend die Polizei angerufen. Im Laufe des Gesprächs hatte er sich unbewusst vom Fundort der Leiche entfernt. Nur für kurze Zeit, aber irgendwer hatte die wenigen Augenblicke genutzt, um den Toten wegzuschaffen. Die Leiche musste sich jedoch noch hier in der Messehalle zwei befinden, soviel stand fest. Aber Graumanns Frau und ihr Sohn Kai stritten alles ab, nannten den Wachmann einen alten Suffkopp und behaupteten, dass der sich den angeblichen Leichenfund nur eingebildet hätte.

Es war ausgeschlossen, dass der Tote in einem Fahrzeug hatte abtransportiert werden können, aber die Leiche blieb verschwunden. Immerhin fand die Spurensicherung noch eine Menge Blutspuren, obwohl der Boden geschrubbt worden war. Graumanns Frau und Sohn Kai befanden sich seit der vergangenen Nacht in Polizeigewahrsam. Der zweite Sohn, Julian, hatte sich der Festnahme entzogen und war untergetaucht. Je länger die erfolglose Suche nach der Leiche andauerte, desto größer waren die Chancen für den oder die Täter, den Toten endgültig beiseitezuschaffen. Vielleicht war das bereits geschehen, dachte Le Meur – und zwar auf höchst unappetitliche Weise. Der Einsatz eines Suchhundes sollte erst nach Abschluss der Messe stattfinden. Tierhaare im Essen schienen gegenüber einer vermodernden Leiche das größere Problem zu sein. Le Meur vermutete, dass beim Verbot des Hundeeinsatzes einflussreiche Personen ihre Finger im Spiel hatten. Wohl aus demselben Grund, weswegen es keiner der Verantwortlichen gewagt hatte, die Messehalle zu schließen. Zu viel Geld und der Ruf des Messestandorts standen auf dem Spiel. Somit musste die Suchaktion zwar ohne Hunde, aber dennoch unter den Augen der Besucher erfolgen. Zu allem Überfluss war die Messhalle zwei für den allgemeinen Besucherverkehr freigegeben und nicht wie Halle drei allein dem Fachpublikum vorbehalten. Hinzu kam, dass sich ausgerechnet heute viele Eltern mit ihren Kindern in der Halle tummelten. Grund war ein buntes Familienprogramm, an dem sich mehrere Aussteller, darunter auch die Graumanns, beteiligt hatten.

Le Meur nahm die Schale mit der Currywurst entgegen und winkte einen Beamten herbei.

»Probieren Sie mal«, sagte er und deutete auf seine Schale mit der Currywurst.

Der Mann schüttelte heftig den Kopf. »Bin Vegetarier«, sagte er und verzog das Gesicht.

»Ist doch vielleicht gar kein Tier in der Sauce!«, rief der Hauptkommissar dem Uniformierten hinterher.

Doch der ignorierte diesen Einwand.

Missmutig starrte Le Meur auf die Wurst. Lieber nichts riskieren, dachte er, steuerte den nächsten Mülleimer an und warf das Gericht hinein, ohne davon gekostet zu haben.

Le Meur bemerkte einen weiteren Beamten, der ihm Handzeichen gab.

»Was gibt es?«, fragte er.

»Die Kollegen haben das Versteck entdeckt, wo der Tote zwischengelagert worden war. Es befand sich im Messestand neben der Bude von Familie Graumann. Jemandem ist aufgefallen, dass irgendwas mit den Abmessungen nicht gestimmt hat. Bei näherer Prüfung wurde ein Verschlag entdeckt, in dem mehrere frische Blutspuren sichergestellt werden konnten. Aber der Tote befindet sich nicht mehr dort. Der Standbesitzer behauptet, von dem Verschlag nichts gewusst zu haben und verweigert seither jede Aussage.«

Die Sonne ging bereits unter. Nicht mehr lange, dann würde es dunkel sein. Le Meur sah auf seine Uhr. Noch knapp drei Stunden, dann mussten die Verdächtigen wieder auf freien Fuß gesetzt werden. Untersuchungshaft kam für die Graumanns nur dann infrage, wenn die Leiche gefunden wurde oder ihnen nachgewiesen werden konnte, dass sie etwas mit dem Verschlag zu tun hatten.

Die Aktivitäten der Beamten wurden immer hektischer. Sie durchsuchten sogar einen Kinderwagen, wobei sie den darin liegenden Säugling aufweckten. Die Mutter zeigte für diese Aktion kein Verständnis. Ein Standbetreiber, dessen Müllsäcke bereits zum dritten Mal durchsucht wurden, verlor auch die Geduld und handelte sich eine Anzeige wegen Beamtenbeleidigung ein.

Zwischen den Besuchern des Marktes schob sich ein Clown voran und begann, Päckchen an die Kinder zu verteilen. Als der Mann in Hörweite war, konnte Le Meur vernehmen, wie er einem Jungen im Vorschulalter das Versprechen abnahm, sein Geschenk erst am Abend zu öffnen. Das Kind schaute zuerst den Clown an, dann das Geschenk und schließlich seinen Vater, der ihm freundlich zunickte.

»Ich verspreche es«, versicherte der Junge mit ernstem Gesicht.

Der Mann im Kostüm strich ihm übers Haar und ging weiter zu einem Mädchen, das in Begleitung seiner Mutter war. Le Meur wunderte sich, dass dieses ein viel größeres Päckchen erhielt. Noch mehr erstaunte es ihn, als er sah, wie der Clown ihr das Geschenk wieder aus der Hand riss, als es sich an der Verpackung zu schaffen machte.

»Erst am Abend, habe ich gesagt!«

Die Kleine begann zu weinen.

»Was fällt Ihnen ein!«, rief die Mutter.

Davon unbeeindruckt, klemmte sich der Clown das Paket unter den Arm und verschwand bald darauf in der Menschenmenge.

Le Meur wollte ihm folgen, stolperte aber über einen der Müllsäcke, die der Standbetreiber von vorhin immer noch durch die Gegend schleppte.

»Noch eine Currywurst, der Herr?«, hörte der Hauptkommissar eine Stimme in seinem Rücken.

Er drehte sich um und sah, dass er wieder vor der Bude stand, die der Ausgangspunkt seines Rundgangs gewesen war. »Später vielleicht«, gab er zur Antwort und wandte sich an den Mann mit den Müllsäcken.

»Sie da, was befindet sich da drin?«, fragte er streng.

Der Angesprochene wollte sich keine weitere Anzeige einhandeln und seufzte ergeben. »Bedienen Sie sich«, meinte er und deutete mit generöser Geste auf die Säcke.

»Nichts für ungut«, sagte Le Meur, nachdem er sich von der Harmlosigkeit des Inhalts überzeugt hatte.

»Auf keinen Fall, fassen Sie mit diesen Händen mein Baby an!«, beschimpfte ihn kurz darauf jene Frau, deren Kinderwagen bereits zuvor von seinen Kollegen durchsucht worden war. »Ich habe genau ge-

sehen, wie Sie mit Ihren Pratzen vorhin im Müll ge-
wühlt haben.«

Le Meur überließ die Durchsuchung einem Beamten, der gerade vorbei kam, und ging weiter. Nach wenigen Schritten wurde er Zeuge einer Unterhaltung,
die sein Interesse erregte.

»Finde ich gut, dass der Clown das Päckchen wieder an sich genommen hat«, wandte sich ein älterer
Mann lautstark zu einer Frau, die ihn begleitete.

»Die Jugend von heute hat keinen Respekt mehr.
Wollen alles haben und kennen keine Pflichten«.

»Na hören Sie mal«, widersprach die Angesprochene. »Das ist doch noch ein kleines Kind. Das Mädchen
geht bestimmt noch zur Schule.«

»Was Hänschen nicht lernt, lernt Hans nimmer-
mehr«, versetzte der Alte.

Le Meur, der den Wortwechsel verfolgt hatte, hielt
wieder nach dem Clown Ausschau, konnte ihn aber
nicht mehr entdecken. Während er überlegte, in welche Richtung er gehen sollte, schnappte er die Bemer-
kungen zweier Jugendlicher auf, die ihm entgegen ka-
men.

»Voll krass, der Kerl nimmt dem Kleinen das Päckchen einfach wieder ab.«

»Ein Junge?«, stieß Le Meur hervor. »Hat der
Clown gerade einem Jungen das Geschenk wieder abgenommen?«

»Hat er«, bestätigte einer der beiden. »Der Kleine
steht immer noch da hinten und flennt. Der Vater ist
stinksauer.«

Kein Zweifel, der Spaßmacher hatte erneut einem Kind das Präsent entwendet. Das konnte kein Zufall sein. Die Erkenntnis brachte Le Meurs Kreislauf auf Touren. Eine Hitzewelle durchflutete den Körper des Hauptkommissars. Vor seinem geistigen Auge sah er harmonisches Familienidyll beim Abendessen und erwartungsvolle Kinderaugen. Ein Glück, das nach Öffnung des Pakets jäh zerbrochen und von blankem Entsetzen abgelöst werden würde. Dabei dürfte es keine Rolle spielen, ob aus der Verpackung eine Hand, ein Ohr, eine Ferse oder ein anderer Körperteil herauspurzelte. Zu diesem Zeitpunkt würden die Stände bereits abgebaut und die Graumanns freigelassen und längst untergetaucht sein.

»Alle aufhalten, die ein Präsentpaket dabei haben!«, schrie Le Meur ins Funkgerät. »Niemand darf das Gelände verlassen. Graumanns Leiche wurde zerstückelt und die Einzelteile befinden sich in den Päckchen, die der Clown an die Kinder verteilt hat. Der Kerl ist Graumanns Sohn Julian, der vor seiner Festnahme geflohen ist. Er muss sofort verhaftet werden!«

Es vergingen keine fünf Minuten, bis der Flüchtige festgenommen und Le Meur vorgeführt wurde.

»Wie viele Pakete sind es gewesen und wie viele haben Sie verteilt?«, fuhr der Ermittler den Gefangenen an. »Los reden Sie endlich!«

»Achtzehn«, lautete die Antwort. »Zwei davon sind noch übrig.«

Le Meur ließ die Beamten unverzüglich ausschwärmen. Glücklicherweise konnten alle beschenkten Kinder rechtzeitig ausfindig gemacht und die Päckchen ungeöffnet wieder eingesammelt werden. Es ging zwar nicht immer ohne Tränen ab, aber gegen die Überraschung, die den Kindern sonst bevorgestanden hätte, stellte dies gewiss das kleinere Übel dar.

»Noch eine Currywurst, der Herr?«, fragte der Budenbesitzer, als der Hauptkommissar erneut dessen Stand passierte.

Le Meur verneinte. Auch wenn die Chancen, dass die Sauce sauber war, jetzt eindeutig besser standen, verspürte der Hauptkommissar zumindest heute keine Lust mehr auf dieses Gericht.

Einmal Luther und zurück

Anno 1805 stand der Homöopath Samuel Hahnemann im Keller eines in der Innenstadt von Gotha gelegenen Wohnhauses und überlegte, wie lange er hier noch verweilen wollte. Sein Gastgeber ließ auf sich warten, was wohl zur Aura des Geheimnisvollen beitragen sollte, mit der sich Johann Adam Weishaupt, seines Zeichens führendes Mitglied der Illuminaten, gerne umgab. Seit er von einem zum Personal des Geheimbündlers gehörenden Bediensteten hierher geleitet worden war, fragte sich Hahnemann, warum Weishaupt nach ihm geschickt hatte. Der Mann war nicht gerade dafür bekannt, gesellschaftliche Kontakte zu pflegen. Er galt als unzugänglich und eigenbrötlerisch. Die Leute erzählten sich seltsame Geschichten über den Mann, eine haarsträubender als die andere. Manche behaupteten sogar, dass Weishaupt ein Kindsmörder sei. Andere verdächtigten ihn, die Weltherrschaft anzustreben und sich mit dunklen Mächten eingelassen zu haben.

Hahnemann gab nicht viel auf derlei Gerede, obwohl er zugeben musste, dass die Gerüchte ihn dazu veranlasst hatten, Adam Weishaupt mit einer gehörigen Portion Vorsicht zu begegnen. Zwar gehörte auch Hahnemann einer Freimaurer-Loge an, doch diese verfolgte rein humanistische Ziele und tat sich vor allem durch Wohltätigkeiten sowie der Förderung schöner Künste hervor.

Bei anderen Gelegenheiten hätte Hahnemann die Warterei gehörig verärgert, aber hier, in diesem zu einer Forschungsstätte ausgebauten Keller, gab es so viel zu entdecken, dass ihm die Zeit nicht lang wurde. Obgleich auch er ein gut ausgestattetes Laboratorium sein Eigen nannte, nötigte ihm das von Weishaupt gehörigen Respekt ab. Es fanden sich einige Gerätschaften darunter, deren Zweck sich dem Homöopathen nicht erschloss.

Gerade in dem Moment, als er nach einem dieser ihm unbekannten Dinge greifen wollte, um es näher in Augenschein zu nehmen, betrat Adam Weishaupt den Raum. Der war etwa einen halben Kopf kleiner als sein Gast und befand sich bereits jenseits der Mitte seiner fünfziger Jahre, während Hahnemann diese erst vor kurzem erreicht hatte. Der Homöopath kannte seinen Gastgeber vom Sehen, hatte aber bislang nichts weiter mit ihm zu tun gehabt. Dennoch hatte Hahnemann augenblicklich das unbestimmte Gefühl, dass Weishaupt und er einander in gegenseitiger Antipathie verbunden waren. Mit einer hastigen Bewegung zog er seine Hand zurück und verschränkte die Arme vor der Brust.

„Versucht Ihr Euch in der Kunst der Alchimie?", fragte er.

„Gewissermaßen", erwiderte Weishaupt kurz.

„Hat euch meine Frage verärgert?"

Weishaupt winkte ab. „Verzeiht", bat er. „Es ist nur so, dass ich diese Frage schon oft zu hören bekommen habe. Meist schließt sich die Frage an, ob ich in der Lage bin, Gold herzustellen."

„Darum ging es mir nicht", entgegnete Hahnemann seinerseits beleidigt. „Wollt Ihr mir nun verraten, warum ich hier bin?"

„Ich möchte, dass Ihr einem Menschen wieder zu seiner Gesundheit verhelft", antwortete Weishaupt.

„Um wen handelt es sich?"

„Sein Name ist Martin Luther."

„Ein Namensvetter des großen Reformators?"

„Der Kirchenvater selbst."

„Wollt Ihr mich zum Besten halten? Luther starb im Jahre des Herrn 1546!"

„Ja, weil Ihr ihn neun Jahre zuvor gerettet habt", erwiderte Weishaupt leichthin und hob die Hand zum Zeichen, dass er mit seiner Rede noch nicht fertig war. „Wir können jetzt lange darüber debattieren, aber das könnte auch den Rahmen der uns zur Verfügung stehenden Zeit sprengen." Er lächelte sardonisch, ehe er hinzufügte: „Etwa so, wie ausufernde Beschreibungen den Umfang einer kurzen Geschichte übersteigen würden."

Als Hahnemann nach seiner Reisetasche griff und sich anschickte, den Raum zu verlassen, schlug Weishaupt eine andere Tonart an.

„Bitte glaubt mir, dass ich nicht ohne Grund nach Euch geschickt habe und Eurer Hilfe dringend bedarf. Verweigert ihr sie, wird Martin Luther sterben. Sein

Schicksal wird sich in den nächsten Stunden entscheiden. Ihr haltet den Lauf der Menschheitsgeschichte in Euren Händen. Der Himmel weiß, was mit uns geschehen wird, wenn Martin Luther vor seiner Zeit stirbt."

Der Ernst, mit dem Weishaupt seine Ausführung vorbrachte, beeindruckte Hahnemann und bewog ihn zu bleiben. Zudem war seine Neugier geweckt. Zu den Gerüchten, die über Weishaupt in Umlauf waren, gehörte auch eins, wonach es dem Geheimbündler möglich sein sollte, durch die Zeit zu reisen. Womöglich bot sich Hahnemann die einmalige Gelegenheit, derartiges selbst zu erleben. Der Forscherdrang des Heilkundlers gewann schließlich die Oberhand.

„Also schön, ich höre."

„Wie ihr vielleicht wisst, plagten Luther mit zunehmendem Alter heftige Schmerzen, hervorgerufen von Leiden unterschiedlicher Art."

„Das ist mir selbstverständlich bekannt", versetzte Hahnemann, wobei er finster dreinblickte. „Sein Harndrang machte ihm besonders zu schaffen."

„Leider", ergriff Weishaupt wieder das Wort, „tat sich der Kirchenmann schwer, wenn es darum ging, ärztliche Hilfe in Anspruch zu nehmen. Stattdessen setzte er sein Vertrauen in fragwürdige Mittel, die gemeinhin als ‚Dreckapotheke' bezeichnet werden."

Hahnemann erblasste und begann sich zu bekreuzigen, hielt aber inne, als er gewahr wurde, dass diese Geste sein Gegenüber zu befremden schien.

„Ganz recht", fuhr Weishaupt fort. „Umschläge mit Pferdemist, Urin und anderen zweifelhaften Zutaten.

Das waren Luthers Mittel der Wahl, von denen er sich Heilung oder zumindest Linderung erhoffte. Natürlich ohne Erfolg. Diese Kuren haben ihm vermutlich mehr Schaden als Nutzen gebracht."

Der Alchimist deutete auf die Tasche, die sein Gast noch immer fest umklammert hielt. „Habt Ihr mitgebracht, worum ich Euch gebeten hatte? Eure Heilmittel könnten in Verbindung mit einem aus dem Tammichgrund bei Tambach stammenden Quellwasser ein wahres Wunder bewirken."

„Meine Arzneimittel trage ich bei mir", antwortete Hahnemann. „Es ehrt mich zwar, dass Ihr – im Gegensatz zu vielen anderen – so großes Vertrauen in meine Heilkunst setzt, aber ich verstehe nicht ..."

„Nur ein klein wenig Geduld", sagte Weishaupt leichthin und konnte dabei ein leichtes Zucken um seine Mundwinkel nicht unterdrücken. „Ich werde Eure Fragen noch in dieser Minute beantworten."

Hahnemann schaute verwirrt drein und verfolgte mit ungläubigem Staunen, wie der Illuminat zu einem Tisch trat und ein Tuch entfernte, unter dem sich eine Art Spiegel befand. Allerdings war das Glas nicht fest, sondern floss wellenförmig dahin.

„Ich bin ein großer Anhänger Eurer Ähnlichkeitslehre, der zufolge Krankheiten mit jenen Mitteln zu heilen sind, die sie verursacht haben", sagte Weishaupt, während er näher an Hahnemann heranrückte. Der fühlte sich geschmeichelt und setzte zu einer freundlichen Erwiderung an. Doch dann gewahrte er eine Veränderung in Weishaupts Mimik, die ihm nichts Gutes verhieß.

„Verzeiht mir die Grobheit", sagte der Geheimbündler, packte sein Gegenüber am Kragen, zog ihn kurz zu sich heran und versetzte ihm dann einen kräftigen Stoß. Vom Schwung mitgerissen, stürzte Hahnemann auf den Tisch und tauchte in das spiegelartige Gebilde hinein. Ein Strudel erfasste ihn und riss ihn mit sich fort.

Nach einiger Zeit, die ihm wie eine halbe Ewigkeit erschien, landete Hahnemann unsanft auf einem Kreuzweg. Nachdem er sich berappelt hatte, fragte er sich, wie er hierher gekommen war. Langsam kehrte die Erinnerung an Adam Weishaupt und seine Ankündigung, ihn, Samuel Hahnemann, durch die Zeit reisen zu lassen, zurück. Zweifellos hatte der Illuminat einen Ortswechsel bewerkstelligt, den Hahnemann sich nicht erklären konnte. Ob er auch tatsächlich durch die Zeit gereist war, würde er sicher bald herausfinden.

Ein Wegweiser verriet dem Heilkundigen, dass er sich unweit des Ortes Schmalkalden befand. In der anderen Richtung ging es nach Tambach, jenem Ort, wo sich nach Weishaupts Worten eine Heilquelle befinden sollte. Bis dorthin würde er zu Fuß etwa vier Stunden benötigen. Dem Stand der Sonne nach zu weit für den heutigen Tag. Hahnemann beschloss, sich zunächst in das nahegelegene Schmalkalden zu begeben.

Ein Bauer, der einen Ochsenkarren lenkte, kam des Weges daher.

„Ihr tragt eine sonderbare Kleidung", bemerkte er, als er Hahnemann erreicht und vor ihm Halt gemacht hatte. „Ist dies Brauch jenseits der Alpen?"

Der Homöopath vermied eine direkte Antwort und bat den Bauern, ihn in die Stadt mitzunehmen, wozu dieser sich bereit erklärte.

„Wenn Ihr zum Fürstentag wollt, haben wir denselben Weg", sagte der Landmann.

„Fürstentag?", Hahnemann versuchte sich seine Verwirrung nicht anmerken zu lassen. „Findet derzeit einer statt?", fragte er.

„Ihr müsst von sehr weit herkommen, wenn Ihr noch nichts davon gehört habt", wunderte sich der Bauer. „Der Fürstentag ist ein sehr bedeutendes Ereignis. Sechzehn Fürsten und ein halbes Dutzend Grafen nehmen daran teil. Zudem haben sich Gesandte des Papstes und des Kaisers angesagt."

„Und Martin Luther wird auch anwesend sein?", fragte Hahnemann.

„Selbstverständlich", bekräftigte der Bauer, wobei er heftig nickte. „Das wird er ganz gewiss! Steigt auf den Wagen. Mein Name ist Wigald, edler Herr."

„Nennt mich einfach Samuel", erwiderte Hahnemann. „Es ist sehr freundlich von Euch, dass Ihr mich mitnehmt. Wollt Ihr in der Stadt Eure Ware verkaufen?"

Wigalds Antwort bestand aus einem Brummen, das viele Deutungen zuließ. „Ich hoffe, Eure Anwesenheit verhilft mir bei den Stadttoren zu einem schnellen Durchlass", bequemte er sich hinzufügen. „Das Tuch Eurer Kleidung scheint von guter Qualität und zeugt davon, dass Ihr von höherem Stande seid. Das werden hoffentlich auch die Wachen erkennen und uns alsbald passieren lassen. Ich habe zwar auch Ware für den Konvent geladen, doch beliefere ich ihn heute zum ersten Mal und bin den Torwächtern nicht bekannt."

Hahnemann warf einen schnellen Seitenblick auf den Bauern. Dessen Kleidung machte nicht gerade viel her. Der Kittel aus grobem Leinen ähnelte einem Getreidesack und war womöglich aus einem solchen gefertigt worden. Um die Mitte hatte Wigald ein Hanfseil gebunden. Einen Gürtel konnte er sich offensichtlich nicht leisten.

„Aber wenn der Konvent die Ware erhalten soll, muss man Euch passieren lassen", stellte Hahnemann fest. „Wer weiß, vielleicht trefft Ihr dort sogar auf Martin Luther."

Hahnemann fragte sich, wie er seinerseits eine Begegnung mit Luther zuwege bringen sollte. Er überlegte, inwieweit Wigald ihm dabei von Nutzen sein könnte.

Je mehr sie sich der Stadt näherten, desto fahriger gebärdete sich der Landmann. Die bevorstehende Begegnung mit den Wachen machte ihm sichtlich zu schaffen. Doch seine Besorgnis schien unbegründet, denn der Wagen durfte passieren. Behutsam lenkte Wigald das Gefährt in Richtung der Stadtkirche St. Georg, die der Wächter ihm angezeigt hatte. Doch ehe sie dort angelangt waren, sprang der Bauer vom Wagen und verschwand hinter einem Torbogen.

Hahnemann blieb kaum Zeit, sich darüber zu wundern. Plötzlich war er von Bewaffneten umringt, die ihn vom Wagen zerrten und ihn seiner Arzneitasche beraubten. Bald darauf fand er sich in einer Kerkerzelle wieder, in die auch sein Reisegefährte verbracht worden war.

„So werdet auch Ihr Euren Kopf verlieren", begrüßte ihn Wigald mit düsterer Miene. „Das lag nicht in meiner Absicht."

„Wolltet Ihr Euch etwa heimlich Zugang zum Konvent verschaffen?", fragte Hahnemann.

„Nur zum Gemach des Kirchenspalters und ihm einen Dolch ins Herz rammen", antwortete der Bauer und blickte dabei finster drein.

„Ihr wolltet tatsächlich Martin Luther ermorden?"

„Ich hätte von den Papisten wohl einige Goldstücke dafür bekommen", brummte Wigald. „Aber nun wird man uns beiden den Prozess machen. Habe gehört, wie die Wachen darüber geredet haben, dass sich in Eurer Tasche giftige Tinkturen befunden haben sollen. Damit ist für die Herren unsere Schuld erwiesen."

Ehe Hahnemann widersprechen konnte, öffnete ein Wachmann die Zellentür und gewährte einem

Priester Einlass. Der Geistliche hielt einen Gegenstand in der Hand, der einer Pergamentrolle ähnelte. Er vergewisserte sich, dass der Wächter weit genug entfernt war und schlug die Kapuze zurück. Hahnemann öffnete den Mund, um seiner Überraschung Ausdruck zu verleihen, doch Weishaupt gebot ihm mit einer Geste zu schweigen. Der Illuminat stellte sich so, dass Wigald die Rolle nicht sehen konnte und zog diese auseinander. Hahnemann blickt auf eine gläsern aussehende Fläche, die in Wellen dahinfloss.

„Verzeiht meine Grobheit", sagte Weishaupt, packte Hahnemann im Genick und drückte ihn in auf das spiegelähnliche Gebilde. Kurz darauf fand sich der Homöopath in Weishaupts Labor wieder.

„Ich ... verlange ... eine ... Erklärung", keuchte er.

„Die sollt Ihr bekommen", erwiderte Weishaupt.

„Was wollt ihr wissen?"

„Was ist mit Martin Luther geschehen? Heilung hat er von mir jedenfalls keine bekommen."

„Ach, das hat ein gewisser Paracelsus erledigt", versetzte der Geheimbündler.

„Paracelsus?", fragte Hahnemann ungläubig.

„Wenn ich es sage", fuhr Weishaupt fort, „Der weilte gerade in der Gegend. Die Salzheringe, die er Luther verabreichte, haben vermutlich weniger zu dessen Genesung beigetragen. Höchstens insofern, dass sie dem kranken Mann ordentlich Durst machten und er infolgedessen reichlich von dem Gesundheit spendenden Wasser der Tambacher Quelle zu sich nahm."

„Dann war meine Heilkunst also gar nicht gefragt", stellte Hahnemann fest, wobei er seine Enttäuschung nicht verbergen konnte.

„Die? Ach nein", versetzte Weishaupt leichthin. „Ihr solltet lediglich dafür sorgen, dass der Attentäter im Gefängnis landet."

„Nur deswegen habt Ihr mich auf diese Reise geschickt?"

Hahnemann konnte nicht verhindern, dass seine Unterlippe vor Wut zitterte. „Ihr habt mich unter einem falschen Vorwand hergelockt und meine Hilfsbereitschaft auf üble Weise missbraucht!"

„Nun ja ...", Weishaupt setzte zu einer Erwiderung an, doch Hahnemann schnitt ihm das Wort ab.

„Der Bauer hat gesehen, auf welche Weise Ihr mir zur Flucht verholfen habt! Schadet das nicht Euren Plänen?"

Weishaupt winkte ab. „Der Kerl ist längst hinüber. Niemand hat ihm geglaubt und am Tag nach seiner Verhaftung wurde er bereits hingerichtet. Eure Flucht konnte man sich zwar nicht erklären, aber auch nicht ungeschehen machen. Jene, die von Eurer Anwesenheit im Kerker wussten, zogen es zu ihrem eigenen Besten vor, Stillschweigen zu bewahren."

„Ihr habt mich auf schamlose Art missbraucht!", wiederholte Hahnemann. Seine Augen verengten sich zu schmalen Schlitzen, während er dies sagte.

„Ich bin mir dessen bewusst und kann Euch nur um Verzeihung bitten. Mein Verhalten war allein den schwierigen Umständen geschuldet. Aber sagt selbst, wer hätte besser die Aufmerksamkeit der Wachen auf sich und den Attentäter in seiner Begleitung lenken können als ein für diese Zeit merkwürdig gekleideter Mann, der eine Reihe seltsamer Tinkturen und Arzneimittel bei sich trägt?"

„Da hätte es doch gewiss andere Möglichkeiten gegeben!"

„Bestimmt", räumte Weishaupt ein. „Aber, glaubt mir, das hätte eines weit größeren Aufwands bedurft als die Maßnahme, Euch durch die Zeit reisen zu lassen. Ich könnte das erklären, aber das ..."

„Ja, ja", unterbrach ihn Hahnemann, der ahnte, was Weishaupt sagen wollte. „Das würde den uns zur Verfügung stehen Rahmen sprengen. Etwa so, wie ausufernde Beschreibungen den Umfang einer kurzen Geschichte übersteigen würden."

Schwarzer Peter

Der Schwarze Peter liegt bei mir. Falsch, er liegt vor mir. Ein hässliches Loch klafft dort, wo beim menschlichen Durchschnittsschädel das rechte Auge hingehört. Der Name des Opfers lautet Peter Schwarz. Wenigstens das habe ich schon herausgefunden. An die Brieftasche mit den Papieren heranzukommen war nicht einfach gewesen. Dafür habe ich den Toten mühsam auf den Rücken drehen müssen.

Gestatten, mein Name ist Frank Dillenberger, Polizeihauptmeister Dillenberger. Ich stehe vermutlich am Anfang einer großen Polizeikarriere. Der Tote war bis vor wenigen Tagen Insasse der JVA Straubing. Ein Psychopath, der mehrere Frauen auf dem Gewissen hatte. Aus dem Gefängnis ist er vor vier Tagen ausgebrochen. Zuletzt war er im Deggendorfer Stadtwald gesichtet worden. Irgendwo auf dem Lehrpfad am Geiersberg. Deggendorf gilt als Tor zum Bayerischen Wald. Der erstreckt sich über ein Gebiet von rund 6000 Quadratkilometer. Davon entfallen um die 250 Quadratkilometer auf den Nationalpark. Der bildet gemeinsam mit dem angrenzenden tschechischen Naturschutzgebiet Sumava Europas größtes zusammenhängendes Waldgebiet. Jede Menge Platz für flüchtige Verbrecher.

Ich stehe mit meinen Füßen auf einer der knapp 500 unterschiedlichen Moosarten, die es im Bayerischen Wald geben soll. Welchen Namen sie trägt, ist mir nicht bekannt. Allerdings wundere ich mich ein wenig darüber, dass ich überhaupt so viel über den Bayerischen Wald weiß.

Um die Leiche herum liegt jede Menge Müll, hauptsächlich Chipstüten und Getränkedosen. Vermutlich Überreste irgendwelcher Freiluft-Partys.

Die Leute von der KTU werden ihre helle Freude haben, die Spuren auszuwerten. Eigentlich eine gute Idee, einen Tatort auf diese Weise zu kontaminieren, anstatt möglichst wenig Spuren zu hinterlassen.

Da ich ohnehin kein großes Vertrauen in die Fähigkeiten des hiesigen Teams setze und die Jungs auch nicht leiden kann, leere ich meine Taschen aus und bereichere den Abfallhaufen um eine leere Zigarettenpackung und ein gebrauchtes Papiertaschentuch. Darauf kommt es nun wirklich nicht mehr an.

Jetzt muss ich natürlich der zuständigen Dienststelle Bericht erstatten. Ich drücke die auf dem Handy eingerichtete Kurzwahltaste und lande bei einem diensthabenden Beamten der Polizeiinspektion Deggendorf. Er meldet sich unter dem Namen Steghammer. Dem strengen Ton nach zu urteilen, spreche ich mit einem ranghöheren Beamten. Ich brauche eine, vielleicht zwei Sekunden, um mich zu sammeln. Zu lange für Mister Humorlos.

„Hallo, wer ist denn da. Melden Sie sich gefälligst!" Steghammers Ungeduld ist deutlich spürbar. Jetzt braucht es nicht mehr viel, bis er richtig verärgert ist.

„Hier spricht Polizeihauptmeister Dillenberger", gebe ich mich schnell zu erkennen. Vielleicht kann ich doch noch Boden gut machen. Aber jetzt weiß ich nicht weiter.

„Was gibt es denn?", bellt Steghammer. „Nun reden Sie schon!"

Gut, nun ist er verärgert. Überraschenderweise löst diese Erkenntnis meine Redeblockade und ich lege los.

„Ein Toter im Wald", sprudelt es aus mir heraus. „Es handelt sich um den gesuchten Ausbrecher Peter Schwarz. Er wurde ermordet."

Ein verächtlich klingendes Schnauben gibt mir deutlich zu verstehen, dass Mister Behalten-Sie Ihre-Meinung-gefälligst-für-sich nicht allzu viel von meiner Einschätzung hält.

„Wieso ermordet?" Der in Steghammers Frage mit-schwingende Spott hätte auch für drei Worte gereicht.

„Er hat ein ordentliches Loch im Schädel", erkläre ich.

„Haben Sie den Toten angefasst?"

„Nur ganz vorsichtig", antworte ich und betrachte die Schleifspur und die abgeknickten Zweige, die auf mein Konto gehen.

„Oder sind Sie durch den Tatort getrampelt?"

„Kaum", erwidere ich und blicke versonnen auf die zahlreichen Spuren, die meine Schuhsohlen im Waldboden hinterlassen haben.

Ich höre, wie Steghammer geräuschvoll Luft einatmet. Gleich wird eine Schimpfkanonade auf mich herniedergehen, die sich gewaschen hat. Höchste Zeit, meinen Trumpf auszuspielen.

Wenn ich nur einen hätte. Ich erinnere mich daran, dass mir eine junge Frau mit blondgefärbten, schulterlangen Haaren am Waldparkplatz entgegenkam. Ihr Anblick verschaffte mir nicht nur eine Erektion, sondern erzeugte eine regelrechte Hitzewelle in mir. Die Frau trug einen sehr kurzen Rock mit großzügigem Ausschnitt. An einem ihrer Schuhe war der Absatz abgebrochen. Ich fragte mich, wie man so blöd sein konnte, mit High-Heels in den Wald zu gehen. Die Blondine mit der Modelfigur humpelte zu ihrem pinkfarbenen Opel Adam. Ich liebe Klischees. Sie geben mir in einer unruhigen Welt Halt und Stabilität.

Mein imaginärer Filmvorführer schaltet das Kopfkino ein. Was sich vor meinem inneren Auge abspielt, ist alles andere als appetitlich. Es lässt sich in etwa mit dem Verzehr eines Frühstückeis vergleichen, bei dem der Löffel durch die Eierschale gestoßen wird, sich verhakt und mit Gewalt wieder herausgezogen werden muss. Auf diese Weise könnte die Frau ihren aus massivem Metall bestehenden Absatz verloren haben. Sie fährt mit ihrem Freund, dem sie zuvor zur Flucht verholfen hat, in den Wald. Es kommt zum Streit und sie will ihm eins mit dem Schuh über den Schädel ziehen. Der Metallabsatz bohrt sich jedoch durchs Auge und von da aus ins Gehirn, wo er sich verkeilt. Voller Panik zerrt das Model mit aller Kraft am Schuh, worauf der Absatz bricht.

Ich beschließe, diese Vorstellung vorerst für mich zu behalten und Steghammer stattdessen eine andere Information zukommen zu lassen. Unter anderem auch deswegen, weil ich den metallenen Absatz nirgends entdecken kann. Im Schädel steckt er jedenfalls nicht.

„Der Schwarze Peter kann kein Unheil mehr anrichten", plappere ich drauflos. „Das ist doch schon einmal eine gute Nachricht."

Ehe ich mich versehe, ist mir der Name verkehrt herum rausgerutscht.

„Ich meine natürlich Peter Schwarz", beeile ich mich, meine Angabe zu korrigieren. Zu spät. Steghammer geht bereits hoch wie die sprichwörtliche Bombe.

„Wollen Sie mich auf den Arm nehmen, Sie Witzbold?" Ich schüttele den Kopf und halte das Handy so weit es geht von meinem Ohr entfernt. Irgendwie scheint ihn das noch wütender zu machen.

„... habe Sie etwas gefragt!!!", höre ich von fern.

„Nein, will ich nicht", versichere ich in der Annahme, dass es immer noch darum geht, ob ich Steghammer verscheißern will.

Die unheimliche Stille vor dem nächsten Sturm lässt mich ahnen, dass das jetzt gerade nicht das Thema ist.

„Wie bitte? Sie wollen mir nicht erklären, ob Sie die Identität des Toten zweifelsfrei haben feststellen können?"

Au weia. Darum geht es also. Ich schaue noch einmal hinüber zu der Leiche. Mein Blick bleibt am zerrissenen Stoff ihrer Jacke hängen. Das muss passiert sein, als ich sie auf den Rücken gedreht habe. Oder ihr die Brieftasche herausgezerrt habe. Oder ... ach was, ich weiß überhaupt nicht, wie ich Mister Superkorrekt-Humorlos dieses Durcheinander erklären soll. Was ich aber ganz genau weiß, ist, dass ich dringend pinkeln muss.

Ich mache einen ungeschickten Schritt zur Seite und verheddere mich in einem Dornengestrüpp. Bei dem Versuch mich zu befreien zerkratze ich mir Hände und Unterschenkel. Der Schmerz und das Blut bringen mir die Erinnerung an ein unangenehmes Erlebnis zurück. Es hat irgendetwas mit Stacheldraht zu tun. Plötzlich fällt bei mir der Groschen, dämmert es mir, dass hier etwas ganz und gar nicht stimmt. Ich schaue mir das Chaos an, das ich angerichtet habe, blicke auf meine blutverschmierte Kleidung und begreife allmählich, dass ich nicht der Polizist sein kann, für den ich mich ausgebe. Aber wenn ich nicht der Bulle bin, wer bin ich dann? Der Mann vor Ort mag nicht die hellste Kerze auf der Torte sein, aber um diesen Fall zu lösen, genügt sein beschränktes Kombinationsvermögen durchaus.

Peter Schwarz, das bin in Wahrheit ich. Ich bin vor nunmehr vier Tagen aus der Haftanstalt ausgebrochen

113

und habe mich dabei an einem Stacheldraht verletzt. Mein angelesenes Wissen über den Bayerischen Wald erklärt sich mit der beschränkten Buchauswahl der Gefängnisbibliothek. Die regionalen Naturkundebücher trafen noch am ehesten meinen Geschmack.

Natürlich habe ich, der *Schwarze Peter*, den Polizeihauptmeister Dillenberger umgebracht. Nicht mit einem metallenen Absatz, sondern, wie mir mein innerer Filmvorführer gerade deutlich vor Augen führt, mit einem Schraubenzieher, den ich anschließend ins Gebüsch geworfen habe. Natürlich bin ich der entflohene Psychopath, der in der Gegend sein Unwesen treibt. Derjenige, den die Polizei so fieberhaft sucht, um zu verhindern, dass er wieder mordet. Wer sonst würde einen Tatort derart kontaminieren? Sicher nur jemand, der die Arbeit des Spurensicherungsteams behindern möchte. Selbst wenn die verbliebenen gesunden Anteile seiner Psyche sich lieber in den Dienst des Guten stellen und die Identität eines von Peter Schwarz ermordeten Polizisten annehmen wollen. Das Handy, mit dem ich Steghammer angerufen habe, stammt von dem Toten; einem Polizeibeamten, der das Pech hatte, mir über den Weg zu laufen. Sein Mobiltelefon mit einer PIN zu schützen, hatte Dillenberger nicht für nötig gehalten. Ich habe mich durch die Anrufliste gearbeitet und bin dabei auf die Nummer der Deggendorfer Polizeiinspektion und damit auf Steghammer gestoßen, der mich immer noch anbrüllt.

Ich kalkuliere die Zeit, die der Idiot brauchen wird, um zu begreifen, mit wem er in Wirklichkeit telefoniert. Schätze ab, wann seine Leute hier aufzuschlagen werden. Es fällt mir schwer, mich zu konzentrieren. Der Bayerische Wald beherbergt eine ganze Reihe Vogelarten, darunter sehr seltene. Weißrückenspechte finden sich in dieser Region ebenso wie Habichtskäuze oder Baumpieper. Ich kann ihr Gezwitscher nicht unterscheiden, aber es klingt mir überlaut in den Ohren und zerrt an meinen Nerven. Genau wie der Umstand, dass ich so viel unnützes Wissen angehäuft habe, dass mir jetzt nicht weiter hilft.

Ich bin ein Mörder, kein Polizist. Lautlos formen meine Lippen die Worte, in der Hoffnung, sie mögen irgendwo in meinem Innern ihren Widerhall finden. Der tote Mann auf dem Waldboden ist Polizeihauptmeister Frank Dillenberger. Ich dagegen bin Peter Schwarz, ein aus der JVA Straubing entflohener Gewaltverbrecher mit dem unbändigen Wunsch zu töten. Die Blondine mit der Modelfigur und dem kaputten Schuh kommt mir wieder in den Sinn. Vor lauter Erregung stellen sich mir die Nackenhaare auf. Ich werfe Dillenbergers Mobiltelefon und seinen Dienstausweis von mir und mache mich auf den Weg zum Waldparkplatz.

Dort sitzt die junge Frau in ihrem Opel Adam als hätte sie auf mich gewartet. Doch jetzt wirkt sie nicht nur selbstsicher, sondern sogar gefährlich. Ihre vorhin offensichtlich zur Schau gestellte Hilflosigkeit ist wie weggeblasen. Ehe ich begreife, dass das Mädel tatsächlich auf mich gewartet hat, ist die Falle zugeschnappt. Die Frau hält eine Pistole im Anschlag und gibt sich als Kripobeamtin zu erkennen.

„Umdrehen! Stehen bleiben! Hände auf den Rücken!" Ihre Kommandos sind knapp und ihr Ton lässt keinen Zweifel daran, dass sie sofort abdrücken wird, wenn ich Widerstand leiste.

Sie legt mir Handschellen an und informiert ihren Vorgesetzten, Mister Humorlos, Superkorrekt, Leck mich doch, über das erfolgreiche Ende Ihres Einsatzes als Lockvogel.

Ich hasse es, wenn Klischees nicht zutreffen. Aber was will ich machen? Der Schwarze Peter liegt jetzt eindeutig bei mir.

Geld ist nicht alles

„Geld ist nicht alles", sagte die Bettlerin und steckte die Münze weg, die ich ihr gerade in die Hand gedrückt hatte.

„Oft ist der schnöde Mammon nur der oberflächliche Kitt, der die Risse verdeckt."

Bei so viel Unverschämtheit blieb mir glatt die Spucke weg. Erst mich anbetteln und dann noch mit einem Spruch der Marke Glückskekse belehren. Das hätte es wirklich nicht gebraucht. Der Tag hatte für mich, Oliver Denzin, Hautkommissar der Polizeiinspektion Kirchheimbolanden, ohnehin reichlich beschissen angefangen – und Besserung schien nicht in Sicht.

Ich knöpfte meine Jacke zu, um den Kaffeefleck zu verdecken, den ich meinem Hemd heute Morgen zugefügt hatte. Mein Handy gab Laut und ich musste dic Jacke wieder aufknöpfen, damit ich mein Mobiltelefon herausholen und das Gespräch annehmen konnte.

„Moin, Oliver", begrüßte mich mein Kollege Linus Borgmann.

„Falls du noch nicht losgefahren bist, kannst du dir den Weg ins Büro sparen. Kennst du die Autowerkstatt Betz & Pohland in der Nähe von Dreisen?"

Ich bejahte.

„Dann komm gleich dorthin. Einer der Teilhaber, Daniel Betz, ist ermordet worden. Das LKA wurde bereits verständigt, aber du weißt ja, wie lange das dauert, bis von den Mainzern jemand hier ist. Wer weiß, vielleicht haben wir den Fall bis dahin schon gelöst. "

„Auch noch Besuch von den Besserwissern aus der Landeshauptstadt. Das passt zu diesem Scheißtag", sagte ich und beendete das Gespräch.

Der fragliche Betrieb war beileibe keine gewöhnliche Schrauberwerkstatt, obwohl ich dort auch meinen betagten Diesel hätte reparieren lassen können. In der Hauptsache handelte es sich bei Betz & Pohland jedoch um die Schmiede eines neuartigen Elektroautos, das mit einer Batterieladung eine weitaus größere Strecke als herkömmliche Modelle zurücklegen konnte. Vor gut einem Monat hatten der Erfinder Daniel Betz und sein Geschäftspartner Max Pohland den Prototyp offiziell vorgestellt. Die Präsentation war derart überzeugend ausgefallen, dass dem Betrieb der beiden Jungunternehmer stattliche Fördergelder vom Land, dem Bund und sogar von der EU zugesagt worden waren. Das von Daniel Betz entwickelte Modell schien geeignet, Elektrofahrzeuge endlich massentauglich zu machen. Für den Donnersbergkreis wäre der Bau einer Produktionsstätte für umweltfreundliche Autos aus wirtschaftlicher Sicht ein echter Glücksfall.

„Die Brandflecken deuten auf einen Stromschlag hin", ließ sich unser Tatort-Doktor Veit Kümmer zu einer ersten Einschätzung herab. Ich nickte kurz und ließ meinen Blick durch die Autowerkstatt wandern.

Borgmann, Hauptkommissar wie ich, kam zu mir und vergewisserte sich, dass kein anderer ihn hörte.

„Ein Schnellschuss vom Doc?", raunte er. „Vielleicht ist heute doch nicht alles so beschissen, wie du glaubst."

Linus Borgmann war ein gnadenloser Positivdenker, der mir mit seinem Optimismus bisweilen gehörig auf den Zeiger ging. Wir hatten eine ähnliche Statur, waren beide schlank, dunkelhaarig, Anfang vierzig und etwa einen Meter achtzig groß. So sehr wir äußerlich einander glichen – was Temperament und Lebenseinstellung betraf, hätten wir unterschiedlicher kaum sein können.

„Denke immer daran, dass die Art wie du denkst, dein Leben bestimmt", sagte er. „Gedanken trachten danach, sich zu verwirklichen und je mehr Energie du ihnen zuführst, desto lebendiger werden sie."

„Leck mich doch", gab ich zurück und widmete meine Aufmerksamkeit wieder der Leiche. Mit fünfunddreißig Jahren war Daniel Betz vorzeitig aus dem Leben geschieden. Keinesfalls freiwillig, wie aus der gegebenen Situation klar hervorging. Kümmers Äußerung legte nahe, dass jemand die Batterie des von Betz und Pohland entwickelten Elektroautos manipuliert hatte. Der Tathergang ließ sich somit leicht rekonstruieren. Während Daniel Betz mit der Reparatur des

Elektroautos beschäftigt war, hatte der Mörder die Hochspannungsbatterie wieder unter Strom gesetzt und dem Opfer auf diese Weise einen tödlichen Stromschlag verpasst. Besondere Fachkenntnis war für das Einstecken des Sicherungssteckers nicht erforderlich gewesen.

Der Mord hatte sich gestern Abend gegen zwanzig Uhr ereignet. Die Tür zur Werkstatt war auch heute Morgen noch verschlossen gewesen und zeigte keine Einbruchsspuren. Damit beschränkte sich der Kreis der Verdächtigen zunächst auf die Personen, die ungehinderten Zugang zur Werkstatt hatten: Larissa Betz, die Ehefrau des Ermordeten und dessen Geschäftspartner Max Pohland.

„Zuerst die Witwe?", fragte ich.

„Einverstanden und danach den Geschäftspartner."
Linus streckte die Hand aus.

„Ich fahre."

Während der Fahrt entwickelte Linus eine seiner haarsträubenden Theorien, für die er berüchtigt war. Vom Naturell her ein Sanguiniker, ließ er sich schnell mitreißen und war leicht zu begeistern.

„Eine bahnbrechende Erfindung, Oliver. Da geht es um Milliarden. Wer weiß, vielleicht steckt ein internationaler Konzern hinter dem Mord. Ein Konkurrenzunternehmen, das die Produktion des neuen Elektroautos mit allen Mitteln verhindern wollte."

„Dafür gibt bislang es keinen Hinweis", sagte ich, aber Linus war nicht zu bremsen.

„Möglicherweise hat sogar Donald Trump damit zu tun. Schließlich stammen seine Großeltern aus der Pfalz. Kallstadt ist gerade einmal fünfundzwanzig Kilometer von Göllheim entfernt. Außerdem hat er etwas gegen die deutsche Automobilindustrie. Denk nur einmal an den Dieselskandal und die aktuelle Diskussion um die Strafzölle!"

Glücklicherweise konnte er seinen Redeschwall nicht weiter fortsetzen, denn wir hatten unser Ziel erreicht.

Das Privathaus des Ehepaars Betz befand sich in Göllheim, dem Namen gebenden Ort der Verbandsgemeinde Göllheim. Wir hielten vor einem freistehenden Einfamilienhaus mit großzügigem Außenbereich. Eine schlanke blonde Frau in den Dreißigern wühlte in einem Blumenbeet. Sie hatte ein Kopftuch umgebunden und trug Gartenhandschuhe.

„Kann ich Ihnen helfen?", fragte sie, nachdem wir das Grundstück betreten hatten und auf sie zukamen. Linus und ich zückten synchron unsere Dienstausweise.

„Was wir Ihnen mitzuteilen haben, würden wir gerne drinnen mit Ihnen besprechen", sagte mein Kollege, nachdem wir uns davon überzeugt hatten, es mit der Ehefrau des Ermordeten zu tun zu haben.

„Bitte sehr, hier entlang", sagte sie und deutete auf die Eingangstür. Linus und ich gingen voraus.

„Donald, da bist du ja!", rief sie plötzlich aus. Linus' Gesicht begann zu leuchten, aber es verlor seinen Glanz in dem Moment, da er sich umdrehte und einen fetten roten Kater erblickte. Kein Wunder, denn Linus litt unter einer Katzenhaarallergie. Der übergewichtige Donald steuerte zielsicher auf ihn zu und schubberte sich an seinem Hosenbein.

„Was für eine beeindruckende Demonstration deiner Gedankenkraft", flüsterte ich meinem Kollegen ins Ohr und grinste dreckig.

„Du hast an den Präsident der USA gedacht und einen fetten, krummbeinigen Kater in dein Leben geholt."

Er funkelte mich böse an, verzichtete aber auf eine Antwort, da die Dame des Hauses zu uns aufschloss.

Larissa Betz schien die Nachricht von der Ermordung ihres Gatten in keiner Weise zu erschüttern. Die frischgebackene Witwe gab sich recht einsilbig. Die Ehe sei glücklich gewesen und ihr Mann habe sich wie sonst auch verhalten, erklärte sie. Auf die Frage nach ihrem Alibi antworte Larissa Betz, dass sie zur fraglichen Zeit mit dem Auto unterwegs gewesen war.

„Folge der Spur des Geldes", bemühte ich meinerseits eine alte Weisheit, nachdem wir uns von Frau Betz verabschiedet hatten und wieder im Wagen saßen.

Linus lachte. „Ich dachte, du hältst nichts von Kalendersprüchen. Bist du jetzt auf den Geschmack gekommen?"

„Sicher nicht, aber Daniel Betz war der Genius des Unternehmens. Sein Geschäftspartner dagegen ein austauschbarer Betriebswirtschaftler. Was, wenn Betz sich anderweitig engagieren wollte? Max Pohland hätte ohne ihn ganz schön alt ausgesehen."

„Tut er doch jetzt auch", kommentierte Linus trocken.

„Bliebe noch die Ehefrau", verteidigte ich meinen Ermittlungsansatz. „Vielleicht wäre sie bei einer Scheidung mittellos auf der Straße gelandet, könnte aber nach dem Tod ihres Gatten kräftig abkassieren."

„Larissa Betz scheidet als Verdächtige aus", sagte mein Kollege und reichte mir sein Smartphone.

„Sie hat eins der besten Alibis, die man sich denken kann."

Ich las die E-Mail, die Linus soeben von unserer Dienststelle erhalten hatte. Ein Blitzer hatte Frau Betz erfasst, als sie zur Tatzeit die B 47 in Richtung Worms entlanggerast war. Die der E-Mail angehängte Bilddatei zeigte das Konterfei der Frau inklusive Frontpartie und Nummernschild ihres SUVs.

„So ein Mist", fluchte ich. „Gibt zwar Fotos in besserer Auflösung, aber Larissa Betz ist dennoch klar zu erkennen. Da kann man wohl nichts machen."

„Tja, lieber Oliver", sagte Linus. „Geld ist eben nicht alles."

Ich verzichtete diesmal auf eine Replik und biss mir stattdessen auf die Unterlippe.

Insgeheim musste ich meinem Kollegen ja Recht geben, aber das würde er von mir nicht zu hören bekommen. Dennoch stellte sich die Frage, ob ich mich nicht doch verrannt hatte und gut daran täte, ein anderes Motiv in Betracht zu ziehen. Linus' Bemerkung brachte mir die Bettlerin von heute früh wieder in Erinnerung. Was, wenn der „schnöde Mammon" in diesem Fall wirklich keine Rolle spielte? Was würde unter der Oberfläche zum Vorschein kommen, wenn ich den Lack von ihr abkratzte?

„Knöpfen wir uns Max Pohland trotzdem vor", sagte Linus zu meiner Überraschung.

„Aber hast du nicht gerade selbst gesagt, dass der sich mit einem Mord an Betz ins eigene Fleisch schneiden würde?"

„Eifersucht ist doch auch ein schönes Motiv", meinte er, „und wer rasend vor Eifersucht ist, entwickelt unter Umständen eine Menge krimineller Energie und scheißt auf das Geld – zumindest für den Augenblick."

Pohland führte uns in sein Arbeitszimmer und setzte sich an den Schreibtisch.

„Schau an", sagte Linus und deutete auf ein gerahmtes Foto auf der Tischplatte. „Sie und Larissa Betz in trauter Zweisamkeit. Ich nehme an, das Bild steht noch nicht lange hier, sagen wir seit heute Morgen? Sie konnten es wohl kaum erwarten, was?"

Max Pohlands Gesicht drückte Verwirrung aus.

„Das ist nicht Larissa", sagte er. „Das ist Alina Schwarz."

„Wer soll das sein?", fragte ich. „Larissas Zwillings-schwester?"

Pohland verneinte. „Sandkastenfreundin trifft es eher. Allerdings sehen Alina und Larissa einander ver-blüffend ähnlich", fügte er hinzu. „Und zwar so sehr, dass sie über Jahre hinweg bei vielen Veranstaltungen tatsächlich als singende Zwillinge aufgetreten sind."

Seine nächste Aussage brachte den endgültigen Durchbruch in diesem Fall.

„Ich war sehr in Alina verliebt, aber sie liebt aus-schließlich Frauen, und Larissa hatte es ihr schon seit Langem besonders angetan."

„Es ist also denkbar, dass Alina Larissa so sehr lieb-te, dass sie sich auf deren Bitte hin in ihre Freundin verwandelt und ihr ein Alibi verschafft hat", sagte Li-nus. Diesmal hatte er meine Zustimmung.

„Dafür brauchte sie nur zur Tatzeit vorsätzlich am Blitzer vorbeizurasen. Nehmen wir uns die Dame ein-mal vor."

Das Verhör dauert nur kurz. Schon nach wenigen Minuten konnte ich sehen, wie in Alinas Augen das lo-dernde Feuer des Trotzes verglühte und schließlich vollkommen erlosch. Der Rest war reine Routine. Nachdem ihr Alibi geplatzt war und Alina ausgepackt hatte, gab Larissa Betz den Mord an ihrem Gatten zu.

„Warum musste Ihr Mann sterben?", fragte ich die frisch gebackene Witwe. „War es wegen des Geldes?"

„Geld ist nicht alles", versetzte sie knapp. „Alina und ich lieben uns."

„Sie hätten sich scheiden lassen und zu ihr ziehen können", gab ich zu bedenken.

„Das hätte Daniel niemals zugelassen. Er war unheimlich eifersüchtig auf Alina und hat mir jeden Umgang mit ihr verboten. Er hat sogar gedroht mich umzubringen, wenn ich ihn jemals verlassen sollte. Wir konnten uns nur heimlich treffen. Es half nichts, Daniel musste weg – und zwar für immer."

Am folgenden Tag drückte ich der Bettlerin, über die ich mich gestern so geärgert hatte, eine Banknote in die Hand.

„Geld ist nicht alles", wehrte ich Ihren Dank ab – und lächelte.

Über den Autor

Jürgen Edelmayer, geboren 1958 in Wiesbaden, lebt heute in einem kleinen Ort im Hintertaunus. Er schreibt mit Vorliebe Kurzgeschichten und Krimis. Häufig entwickeln die handelnden Figuren ein Eigenleben und geben den Verlauf der Handlung vor. Edelmayers erste Veröffentlichung erschien im Jahre 1993 und brachte ihm gleich ein paar Mark Honorar ein. Die Erkenntnis, dass er mit seiner Schreiberei Geld verdienen konnte, gab Edelmayers Leben eine neue Richtung. Seit 2013 arbeitet der gelernte Buchhändler als freier Schriftsteller. Weitere Informationen unter www.juergen-edelmayer.de.

Nominierungen und Preise

2000: Anerkennungspreis im 3. Literaturwettbewerb der Stadt Wolfen
2003: Platz 1 beim 1. VIGLi-Literaturwettbewerb (Definition des Begriffs "Vorfreude")
2006: nominiert für den 1. Kärntner Krimipreis
2009: nominiert für den 1. Kärntner Hörkrimipreis
2017: Shortlist zum 1. Wunderwasser-Krimipreis der Gemeinde Tambach-Dietharz
2017: nominiert für den Ralf-Bender-Krimipreis

Literaturverzeichnis

„Der Erstbeste" in „Tatort Internet" ISBN: 978-3-85129-636-5 Wieser Verlag 2006

„Künstlerpech" in Totenschmaus ISBN 978-3-9502806-0-9 (Audio CD) Ring Straße Records 2009

„Winnies Trick" gelesen und vertont von Petra Weber (Podcast Krimikiosk) 2009

„Totenholz" in „Der Taunus lässt büßen II" ISBN 978-3-9811229-9-2 Verlag Sigrid Böhme 2010

„Zaster" in „Der Taunus lässt büßen II" ISBN 978-3-9811229-9-2 Verlag Sigrid Böhme 2010

„Le Meur und der Galerist" in „Weck, Worscht, Mord" ISBN 978-3-942291-33-0 Leinpfad Verlag 2011

„Gonzo liebt Kuchen" in „Mordsurlaub" ISBN 978-3-942637-20-6 Der kleine Buch Verlag 2013

„Einmal für sie da sein" in „Wenn es Nacht wird" ISBN 978-1-522-81712-3 Moonhouse Publishing per CreateSpace Independent Publishing Platform 2015

„Quälgeister" in „Mordsklasse" ISBN 978-3-942637-52-7 Der kleine Buch Verlag 2016

„Le Meur und die fehlende Leiche" in „Erfurt – Mordsmäßig aufgetischt" ISBN 978-3-946105-45-9 KSB Media 2016

„Einmal Luther und zurück" in „Wunderwasser Krimis" ISBN 978-3-945605-17-2 Verlag Tasten & Typen 2017

„Schwarzer Peter" in „Doudnsuppn" ISBN 978-3-943926163 HePeLo Verlag 2017

„Geld ist nicht alles" in „Göllheimer Geschichten II" ISBN 978-3-86963-340-4 Iatros Verlag 2018